野いちご

KEITAI SHOUSETSU BUNKO

SINCE 2009

鏡怪潜《キョウカイセン》

～鏡の中の“ナニか”～

ウェルザード

STARTS
スターツ出版株式会社

ソレは鏡に潜《ひそ》んでいる。
そこにはいないソレが鏡に映っていても、決して気づいてはならない。
もしも気づいた事に気づかれたら、ソレはあなたに襲《おそ》いかかる。
逃《に》げても逃げても、そのソレは追ってくる。
鏡の中で追いかけてくる。
鏡を見ないで。
鏡の前に立たないで。
ソレはあなたのうしろにいるから。

目次

怪談話

「ねえ、知ってる？　B組の片桐《かたぎり》さん、自殺らしいよ」

「えー？　私は誰《だれ》かに殺されたって聞いたよ？　首《くび》を切られてたって」

　いつもはそんなに騒《さわ》がしくない朝の教室。

　だけどこの日は違った。

　隣《となり》のクラスの女の子が、昨夜自宅で死んでいたという話が、クラスでも話題になって騒がれていたのだ。

　平凡な高校生活に降ってわいたような、生徒の死亡事件。

　人当たりもよく、人気者だった片桐さんが自殺するとは、私も考えていなかった。

　昨日の放課後、下校する前にすれちがった時、片桐さんはブツブツと何かをつぶやいていた。

　まっ青な顔をして、まるでこの世の終わりみたいな表情で。

　あの時、なんて言ってたのか……。

　とくに仲のいい子じゃなかったから、気にもしていなかったけど、ひと言だけ覚えてる。

「……気づかれた」

その言葉に、なんの意味があるのかは、わからない。

でも、昨日の夜に死んでしまったのなら、その言葉に大きな意味があったのだろうか。

「菜月《なつき》、聞いた？　片桐さんの話」

友達の雪村咲良《ゆきむらさくら》が不安そうにたずねるけど、私は小さくうなずいただけだった。

「これってさ……あの話どおりになってない？」

「はっ、何バカなこと言ってんだよ。あの話ってあれだろ？　鏡の中に幽霊がいるってヤツ」

私の彼氏で、隣の席の京介《きょうすけ》が軽く私の頭《あたま》に手を置いて席に座った。

登校してきたばかりなのに、私たちの話を聞いていたのだろうか。

私たちが付き合うようになったのは、中学二年の秋。

学校祭の準備で同じ係になって、ふたりで過ごしているうちに好きになって。

付き合ってくれって京介が言ってくれて、付き合うようになったんだ。

「そうそう、それそれ！　何年か前にも同じことがあったらしくてさ、その時は自殺で処理されたみたいなんだけど、片桐さんが自殺なんてすると思う？」

「落ち着けよ雪村。もしかすると、家のゴタゴタがあったかもしれねぇだろ？　誰もわからねぇ悩みくらいあるだろ」

京介の言うように、片桐さんにしかわからない悩みがあったのかもしれない。

でも、どうしても私は昨日のあの言葉が頭から離れなかった。

この高校には、有名な怪談話が三つある。

一つは、〝生徒が消える美術準備室〟。

一つは、〝どこからか聞こえる呪いの声〟。

そしてもう一つが、〝鏡の中のキリコ〟。

なぜこの三つが有名かと言うと、実際にそれらが起こったことがあるから。

その中の一つ、〝鏡の中のキリコ〟は片桐さんが昨日の放課後、ブツブツと言ったことに関係しているように思えた。

『鏡の中に、そこにいない人間が映っても、気づいてはいけない
気づいても、気づいたことに気づかれてはいけないという鏡の中のキリコの怪談に関係しているんじゃないかって。

その日の授業は、このクラスではとくに何もなく、普段どおりに進められた。

明日か明後日か、お葬式にはうちのクラスの人も何人か参列するだろう。

時間がたつにつれ、噂話《うわさばなし》に尾ひれが付いて、話が大きくなっていく。

昼休みになった頃には、この町に殺人鬼が潜んでるとか、何年も前に死んだ生徒の呪《のろ》いだとか。

普段なら、そんな話はバカバカしい作り話だと思うはずなんだけど……どういうわけか、この日は変な気分というか。

何か、奇妙な雰囲気が漂っているようで怖かった。

そんな気分のまま放課後になり、もう下校する時間。

「菜月、帰ろ」

帰り支度《じたく》を済ませて、咲良が私の肩をポンッと叩《たた》く。

「あ、うん」

チラリと京介を見るけれど、大きなあくびをして、私が咲良と帰ることを気にもしていないよう。

付き合いはじめた頃は毎日一緒に帰っていたのに、最近はめったに一緒に帰らない。

「京介、ゲーセン行こうぜ」

「おう、行くか！」

こんな調子で、いつもクラスメイトと遊びにいってしまう。

京介が教室から出ていくのを見て、私はハァッとため息をついた。

中学生の頃は、毎日一緒に帰っていて、同じ高校に行こうって約束していたのに。

高校に入ったら新しい友達ができて、そんな時間も減ってしまった。

私は彼女なんだからさ、もうちょっと構ってくれてもいいじゃない。

どこかに行くなら、私を連れていってくれてもいいのに。

「帰る前にトイレ行こうか」

昼休みから行ってないから、帰る前に行っておこうと思い、咲良に声をかけた。

教室の並びにある、一番近くにあるトイレに行き、用を足して手洗い場に戻ると、
今度は咲良が入れ代わりに個室に入る。

「ところでさ、菜月は紫藤《しとう》くんとどこまでいってんの？　もうエッチしちゃった？」

個室の中から、サラリととんでもない質問をする咲良。

「ま、まだだけど……まあ、キスくらいはしたかなー？」

私も何を言ってるんだか。

鏡に映る自分の前髪にさわり、髪型を整える。

「それより咲良はどうなのよ？　彼氏は……」

と、そこまで言った時だった。


「……私を見て」

低く、唸《うな》るような声が、私の耳に届いたのだ。

「え？　咲良？　何か言った？」

空耳だったのか、それとも咲良が言ったのかはわからないけど、やけに耳に残る声が。

「何も言ってないけど？　ちょっと待ってて、今出るから」

トイレの水を流す音が聞こえて、咲良が個室から出てきた。

やっぱり空耳なのかなと、鏡を見た私は……視界の中に映る、そこにはいるはずのないものに気づいてしまった。

私と咲良以外に誰もいないトイレ。

なのに、鏡の中の端っこに……見たこともない女子生徒が映りこんでいたのだ。

え？　な、何？

私のうしろには誰もいなかった……はずなのに、どうしてそこに人が映ってるの？

ビクンッと身体を震わせて、振り返ろうとするけど、嫌な予感がして振り返れない。

一体これが誰なのか、よく見てみたい。

だけど、もしもこれが怪談話のキリコだったら……気づいたことに気づかれてはならない。

そうは思うものの、視界に映る女子生徒が気になって、ダメだとわかっていても目がそちらを向いてしまう。

大丈夫……あの怪談話が本当だとしたら、気づいたことに気づかれなければ問題ないはず。

ゆっくりと、気づかれないようにそちらに目を向けると……。

鏡の中の女子生徒は、ニタリと笑みを浮かべて私を凝視《ぎょうし》していたのだ。

「ひ、ひゃっ!!」

まずい！　気づかれた！

もしかして、片桐さんは〝コレ〟に気づかれたの!?

そんな考えが頭をよぎり、あわてて振り返ると……。

「……ごめんなさい。手を洗いたいんだけど」

よく見ると、それはA組の影宮《かげみや》さん。

おとなしくて、普段あまり目立たないから、正面から顔を見たことがなくて誰だかわからなかっただけだった。

「か、影宮さん……もう、ビックリさせないでよ！」

影宮さんが悪いわけじゃないんだけど、いつの間にか背後にいるんだもん。

片桐さんの事件があったあとだから、あのつぶやいていた言葉と怪談話が相まって、本当にキリコがいたのかと思ったじゃない。

「驚いたのはあなたの勝手でしょ。桐山《きりやま》さんはどうして私に驚いたの？」

目を隠すほどの前髪の間から、じっと私を見て愛想がなく、冷たい表情を向ける。

どうしてって……影宮さんがそんな表情で立ってたら怖いよ。

などとは言えず、私はハハッと作り笑いをして、影宮さんに場所をゆずるために一歩横に移動した。

「何やってんだか。はやく帰ろうよ」

そう言い、影宮さんよりはやく手洗い場の前を咲良が陣取ったのだ。

「雪村さん、次は私が……」

「はやい者勝ちはやい者勝ち！　そんなににらまないでよ。すぐに代わるからさ。あれ？　そっちの子、影宮さんの友達？」

手を洗い、ハンカチで水気をぬぐった咲良。

そっちの子？　咲良は何を言ってるの？

影宮さんの他には、私しかいないのに。

そう思って、あたりを見まわし、首をかしげた時だった。

「あ……」

そう、小さくつぶやいて……咲良が、ハンカチを床に落とした。

ガタガタと痙攣《けいれん》したように身体がふるえはじめ、私と影宮さんは不思議に思って顔を見あわせた。

「雪村さんどうしたの？　ハンカチを落としたわよ」

影宮さんがそう言って、身を屈《かが》めた時だった。

「え⁉」

突然、咲良の首が裂《さ》け、血が噴《ふ》きだして目の前の鏡をまっ赤に染めたのだ。

声も出せずに、首が切りさかれながらも立ち尽くすことしかできない咲良。

「あ、あ……」

何が起こっているのか意味もわからず、私は膝《ひざ》がふるえて立っていられずにその場に座りこんだ。

「な、なんなの⁉ 雪村さん!」

ハンカチを拾った影宮さんも、飛び散る血飛沫《ちしぶき》の中、その光景に何もできずに私の隣まで後退した。

咲良は苦しそうにバンバンと洗面台を叩くけど、身動きが取れないようで。

ついには……首が切りおとされ、咲良の身体と首が、糸が切れた人形のように床に倒れこんだのだ。

ゴロリと転がり、恐怖に歪《ゆが》んだ苦悶《くもん》の表情でこちらを見つめる咲良の顔。

「い、いやあああああああああっ‼」

目の前の現実を拒絶するかのように私は叫び、その場に尻餅《しりもち》をついた。

何がどうなっているかわからない。

どうして……咲良の首が転がっているのか。

腰《こし》が抜けて立ち上がれない。

そんな中、影宮さんが私の肩をつかんで前後に激しく揺さぶりはじめたのだ。

「き、き、き、桐、桐山さん！」

ハッと我に返った私が、影宮さんの方を見ると……ふるえる手で鏡を指さしている？

咲良の血で、赤く染まった鏡なんて見たくないと思いながらも、そちらを見上げると……。

まっ赤な鏡の中に、目を見開いて鏡に張りつく、咲良の遺体《いたい》を見ている女性の姿があったのだ。

「いやっ、いや、いやあああっ!!」

背筋が凍りつくほどの悪寒《おかん》に、私は悲鳴をあげて廊下まであとずさりした。

な、なんなの今の！

鏡の中に人がいたような気がした！

いや、違う！

影宮さんも見たんだから、気がしたわけじゃない！

「ん？　なんだ？　……って、お前、それ血か!?」

咲良の血を浴びて、顔や制服が赤くなっている私を見て、廊下にいた生徒たちが騒ぎはじめた。

「きゃーっ!!」

「き、桐山さん……ど、どうしよう!」

どうしようって言ったって……咲良が首を切りおとされた。

鏡の中に誰かがいる。

そして私たちは血まみれで。

どこまでを信じてくれるかなんて、パニックになってる私でもわかった。

それから、警察が来て学校中が大騒ぎになった。

片桐さんが死んだ翌日に、今度は学校で咲良が死んでしまったのだから。

それも、首を切られるという同じ殺され方で。

血まみれの制服からジャージに着替えて保健室で休んでいた私たちの所に、刑事さんがやってきたけど……私たちが咲良を殺す動機も、殺せるような凶器も見つからなかったということで、一旦解放され、あとでまた警察に行くことになった。

パニックに陥《おちい》りながらも、起こったことをすべて話したけど、どこまで信じてくれたのか。

きっと、頭がおかしいとでも思われたかもしれない。

そして、保健室にふたり。

「桐山さん……見たよね？　あれ」

影宮さんの言葉に、ビクッと身体が反応する。見た……と言いたくない。

あの存在を認めたくない。

あれが一体なんなのかわからないから、何をどう理解すればいいのか。

「血が……人の顔に見えただけだよ。鏡の中に人がいるはずなんてないじゃない……」

そうは言ったものの、あれがそんなものではないということはわかっていた。

だけど……。

「知ってるんでしょ？　鏡の中のキリコの話」

そう言われて、私はもう一度鏡の中の顔を思い出した。

鏡の中のソレに気づいてはならない。

ソレに気づいたことに気づかれてはならない……。

ソレとはキリコのことで、誰が言い出したかはわからないけど、うちの学校では当たりまえのように知られている話だった。

あの時、鏡の中の顔は、咲良を見ていたはず。

私たちはあれに気づいてしまったけど、あれは私たちを見ていなかった……と思う。

「そういえば、咲良は鏡越しに私たち以外に誰かいるって言ってたよね……もしかして、キリコに気づいたから」

「うん……きっと気づかれてしまったから……」

だから、片桐さんもブツブツつぶやいていたんだ。

そしてきっと……自宅で鏡を見て、キリコに殺された？

だけど、この学校の怪談なのに家で殺されるの？

いや、それよりも……怪談話が現実のものになるだなんて。

何年前かに起こった事件というのも、今回と同様のことが起こったのだろうか。

てっきり、先輩たちが作った、生徒を怖がらせるだけのものかと思ってたのに。

「桐山さん、私たちも気をつけないとね」

ボソッとつぶやいた影宮さんの言葉に、私は首をかしげた。

「私たちはたぶん気づかれてないよね？」

だったら、大丈夫なんじゃないの？

そう思っていたけど……。

「本当にそう言える？　キリコがいることを知ってしまったのよ？　次にキリコが現れて……気づかないフリができる？」

咲良が死んでショックを受けているのに、影宮さんの言葉は、追い打ちをかけるように私に襲いかかった。
鏡の中のキリコ……。
このあと、本当の恐怖が襲ってくることを知らずに、私たちはただ不安になること
しかできなかった。

命懸けの夜

午後八時過ぎ、警察での事情聴取が終わり、お母さんに迎えにきてもらった私は、家に着くなり自分の部屋にこもり、ベッドに横になった。

テーブルの上に置かれている鏡を伏せて、見えないようにしてから。

咲良が死んだ……高校に入って最初にできた友達で、一番仲がよかったのに。

悲しいはずなのに、まだ死んだなんて信じられなくて涙が出ない。

唐突《とうとつ》に訪れた死。

残虐《ざんぎゃく》な死。

そして鏡の中のキリコ。

あまりにわけのわからないことが起こりすぎて、頭の中が整理できない。

「キリコに気づいたのに、気づかないフリができるか……かぁ」

もしもあの時、咲良が影宮さんより先に手を洗わなかったらどうなっていたんだろう。

影宮さんがキリコに気づいて、死んでいた？

それとも、影宮さんは気づかないフリをしたのかな。

なんにしても、今までただの作り話だと思っていた怪談が、入学して二年目で現実のものになってしまった。

私はどうすればいいんだろう……。

咲良を失って悲しいのに、涙は出ない。

キリコを見てしまって不安なのに、まだ大丈夫と思っている部分がある。

どの感情も中途半端で、何一つとして実感がわかないままだった。


それからしばらくして、私のスマホがブルブルとふるえはじめた。

警察署に行っていたから、マナーモードにしていたのを忘れていたけど、さすがにこの状況でふるえるとビックリする。

誰からだろうと思って画面を見てみると……。


『紫藤京介』

ゲーセンで遊んでて、今帰ったのかな。

その程度にしか思わずに、私は電話に出た。

「何？　今話す気分じゃ……」

『おい、菜月！　雪村が死んだってマジかよ！』

今は話す気分じゃないって言おうとしたのに、京介はいつもこうだよ。

「知ってるんだったら私に聞かなくてもいいじゃない。今、気分が悪いから切るよ」

『いや、待て！　お前は……大丈夫だったのか？　ケガはないか？』

「……ケガはないけどさ。目の前で咲良が死んだんだよ。そっとしておいてよ」

それだけ言うと、私はスマホを耳から離して通話終了ボタンに指を置いた。

『菜月！　ちょっ……』

その声を遮《さえぎ》るように通話を切り、ホーム画面に戻した時、私の目に飛びこんできたものは……。

メッセージアプリにあった、十九件の受信メッセージだった。

「じゅ、十九？」

その数に、ゾワッと頬をなでられるような感覚に襲われた。

一体誰がこんなに……と、そう思いながら、おそるおそるメッセージアプリを開くと……。

『影』と書かれた人物から、十九件全部のメッセージが送られてきていたのだ。

影って言うと……影宮さん？

たぶんそうだと、少し安心してメッセージを開いてみると。

《桐山さん、鏡は見ないで！》

《気づかれてないはずだけど、キリコが見える！》

《私たちが気づいたことを確かめようとしてるのかもしれない！》

《窓ガラスとか水なんかは大丈夫みたい》

《ダメ！　どこにいても追ってくる！》

《明日まで生きられるかどうか》

《次は私が殺される！》

「な、何よこれ……」

十九件のうち、ほとんどがパニックになって送ったであろうものだったけど、七件は影宮さんが必死になってキリコの情報を伝えようとしていることがわかる。

──次は私が殺される。

大丈夫だと思っていたのに、キリコが影宮さんに迫ってるの？

だとしたら、あの場にいた私の所にだって来てもおかしくない。

そう考えると……もうすでに、この部屋の中にキリコがいそうで、ゾクゾクと嫌な悪寒に背筋をなでられた。

影宮さんからの最後のメッセージがあったのは十三分前。

ちょうど家に帰っている時。

私よりも先に家に帰って、キリコを見てしまったんだ。

「影宮さん……大丈夫だよね？」

言いようのない不安に襲われて、《大丈夫⁉》とメッセージを送ってみるけど……

それに既読の文字が付かない。

もしかするともう……。

ダメだ、あんなことがあったから、悪いことばかり考えてしまうよ。

人の心配よりも、自分の心配をしなきゃいけないのに。

保健室で影宮さんに言われた言葉が重くのしかかる。

鏡の中にキリコがいると知ってしまったのに、気づかないフリなんてできるのか。

今でさえ意識的に鏡を見るのを避《さ》けているのに、万が一、鏡を見た時にキリコが映っていたら。

気づいていないフリなんてできる自信がないよ。

もういっそ、眠ってしまおうかとも思ったけど、お腹も空いたしお風呂にも入っていない。

布団の上に落ちた、赤い粉……固まった咲良の血を見て、お風呂には入りたいと思った。

だけど、お風呂場にはもちろん、脱衣所にも鏡はある。

そこにキリコが現れたらと思うと、部屋から動きたくはなかった。

でも、このまま永遠にお風呂に入らないことなんてできやしない。

鏡の中の異変に気づかなければ、たぶんどうにかなるってことでしょ？

本当に、キリコが影宮さんの方にいるのなら、私の所には来ないかもしれないよね。

だから……影宮さんには悪いけど、お風呂に入るなら今しかない。

部屋を出て、廊下を歩くと階段のところまで来た。

そこをおりると……正面に見えてくる脱衣所の洗面台の鏡。

よりによって脱衣所のドアは開いていて、私を待ち構えているかのよう。

普段なら何とも思わないのに、暗闇の中に浮かびあがる、鏡に映った私の姿が妙に不気味《ぶきみ》に感じる。

あれは、本当に私なのだろうか？

見慣れている自分の姿でさえ、私ではなくキリコに思えてしまう。

私の顔が別の人になっているかも。

脱衣所に入ったら、閉じこめられてキリコが手を伸ばしてくるかも。

ダメだ、怖いことばかり考えるのはやめよう。

今まで怖いことを考えて、実際にそんなことが起こったことなんてないから大丈夫。

自分にそう言い聞かせ、脱衣所の電気のスイッチを押して……覚悟を決めて顔をあげた。

するとそこには……顔に血が付着している私が映っているだけ。

キリコではなかったけど、あらためてその姿を見ると少し怖い。

普段見慣れない姿が映るのがこんなに不気味だなんて。

「……はやく入ろう」

ブルッと、小さく身震いをして服を脱ぎ始めた。

今頃、影宮さんはどうしているんだろう。

影宮さんは、咲良が死んだ時にキリコに気づかれたかもしれないけど、私はまだ気づかれてはいないんじゃないかと思う。

たしかにそれを見たけど……キリコは咲良の遺体を見ていたから。

服を脱ぎ、洗濯カゴに入れた私は、フウッとため息をついてお風呂のドアを開けようと振り返った。

え？

ドアノブをつかむ手がふるえる。

振り返ったその時に……視界に入ってしまった洗面所の鏡。

その中に、私じゃない誰かがいたように思えたから。

大丈夫だと言い聞かせていた私に襲いかかる激しい悪寒。

何がそこに映っているのか気になる。

その姿を確認して、見間違いだったと安心したい。

だけど……もしもそれが、私を追ってきたキリコだったら。

時間にしてほんの一瞬。

覚悟を決めた私は……けっきょく、鏡を見ることはできず、逃げるように浴室の中に入った。

誰も入ってこられないようにと、すばやくドアを閉めて。

こんなことをしても無駄かもしれない。

キリコは、そんなことをしても入ってくるかもしれないけど、そうせずにはいられなかった。

湯船のフタを開け、シャワーを出して浴室を温める。

正面の鏡は見ないように。

シャワーチェアを使えば、鏡が目の前に来てしまうから、立ったままでシャンプーのポンプを押した。

頭、顔、身体と、付着した血を洗い流す。

泡が少し赤くなる。

なんとなくだけど……この血がキリコを引き寄せているんじゃないかという感覚に包まれて、身体がきれいになればいなくなるんじゃないかとさえ思える。

そう考えてしまうのと、身体が温まり気持ちよくなったことで、鏡への注意がおろそかになってしまった。

鏡が視界に入っても、もう大丈夫だと、根拠《こんきょ》のない自信から目をそらすことをしなかったその時だった。

鏡の下の方から……丸く、黒い塊《かたまり》がゆっくりと姿を現したのだ。

「！」

直視していなくてもわかる、その不気味な顔に、私は思わずビクンッと反応してしまった。

声を出してはいけない！

驚いたそぶりを見せるだけでも、それはキリコに気づいたと気づかれるかもしれない！

視界の中のキリコが、じっと私を見ているのがわかる。

学校で見た、咲良の血越しの顔とは違う、まっ白な顔にまっ黒な髪。

そして……目は赤いように思える。

そんな顔が、鏡の中から様子をうかがっているのだ。

こんなの……耐えられない！

気づいたことに気づかれなければいいとはいえ、今から湯船に浸かるなんて絶対に無理だ！

私がいくら無視をしていても、キリコは私を見続ける。

そんな中でリラックスなんてしていられないよ。

湯船にフタもせずに、あわてずに向きを変えて、ドアノブに手をかけたその時。

「……私を見て」


不気味な声が背後から聞こえて、再び背筋に悪寒が走る。

まるで氷でも当てられたかのような冷たさと不快感に震えながらも、平静を装って浴室から出た。

心の中では落ち着けって思っているのに、身体がはやく出ようと急いでしまう。

この不気味な顔から逃れられるならと。

あわてて脱衣所に出た私は、バスタオルを手に取り、鏡を見ないように顔を下に向けた。

それでも、視界の端に目に入る鏡。

見えないように背を向けるべきなんだろうけど、鏡が見えないのも怖いから。

だから、完全に見えないようにはせずに、ギリギリの所でかすかに見えるようにしておきたい。

私はショートヘアだから、髪をふくのはそんなに時間がかからない。

まだ、視界に映る鏡に変化はないように思える。

浴室の鏡から移動していないのだろうか。

今のうちにと、急いで身体の水分をふき取り、下着を身につける。

「あー……しまった。着替えを忘れちゃったよ」

鏡の中のキリコを怖がるあまり、部屋着を持ってこずにお風呂に来てしまった。

まあ、誰に見られるわけでもないから、下着姿で部屋に戻ってもいいんだけど。

フゥッとため息をつき、バスタオルを洗濯カゴに入れた時……視界に入る鏡の中で、何かが動いた。

……私の背後にいる。

いや、はっきりと見えているわけじゃないから、本当にいるのかはわからないけど。

それを確認する勇気がない。

私とドアの間に、黒い何かがいる気がして……。

私はどうすればいいの⁉

背後に何かがいるとなったら、怖くてそっちを向けない。

鏡から顔を背けることも、振り返ることもできない。

だけど……このまま動きを止めていれば、私がキリコに気づいていることに気づかれるかもしれないし。

怖い。

怖いけど、はやくここから出るしかない。

意を決して、背後のドアノブに手を伸ばす。

もしも背後にいるなら、ちょうどそこを、私の手が通過しようとしていることになる……。

そう思った瞬間、手にヒヤリとした感覚がまとわりついた。

腕《うで》をつかまれているような……そんなねっとりとした感覚。

ひっ！と、心の中で悲鳴をあげたけど、咲良みたいに殺されるわけでもなく……私の手はドアノブに到達して、それを回す。

ドアが開くと同時に、脱衣所から逃げるように外に出た。

手に感じた、ヒヤリとする感覚を全身で感じて。

廊下に出た私は、慌ててドアを閉めて二階の部屋へと走った。

なんなの……なんなのよこれ！

気づいてるとか気づいていないとか、そんなレベルじゃない！

鏡を見てしまったら、間違いなくキリコも見てしまうじゃない！

なんでこんなことが起こったのか、わけがわからないまま私は階段をあがり、部屋に飛びこんだ。

部屋に入って電気をつけて、窓ガラスに映っている自分の姿に驚いてしまう。

影宮さんからのメッセージでは、ガラスや水なんかは大丈夫とあったから、そこにキリコは潜んでいないとわかるんだけど。

それでも、自分が映っていると、キリコも存在するんじゃないかと怖くなる。

「影宮さん……咲良、私も殺されちゃうのかな」

有名な都市伝説なんかだと、何かしら対処法があるものだけど、これはうちの高校だけの怪談。

まさか、そんなことが実際に起こるとは思わなかったけど、片桐さんと咲良は、その怪談に巻きこまれて死んでしまった。

もう……噂話では済まされない状況に陥っているんだ。

椅子にかかっている部屋着を着て、スマホを手に取った。

相変わらず……影宮さんからのメッセージはない。

こちらからのメッセージにも既読が付かない。

無事なのか、それとももう影宮さんも死んでしまったのか、それすらもわからない。

「明日……学校で会えるよね」

安否《あんぴ》を確認するメッセージですら、怖くて送れない。

それを確認するためにも、私も今日、この夜を生きのびなければならないのだ。

強い気持ちなんてない。

ただ……死にたくなかった。

「菜月、ご飯食べなさい」

しばらくして、一階から私を呼ぶお母さんの声が聞こえた。

お腹はすいているけど、それほど食べたくはない微妙な状態。

でも、夜中にもっとお腹がすいて、食べにいくのは嫌だから、今、少しでもお腹に入れておかなきゃ。

キリコが、どこかから見ているような気がする……。

鏡はテーブルに伏せられたままだから、どこにいるのかはわからないのだけど。

だけど、脱衣所で感じたようなヒヤリとした感覚はない。

つまり、私が通った所にキリコはいないということなのかな？

それは、鏡を見ていないからわからない。

とにかく今は、鏡を見ないことが大事だ。

脱衣所のドアは閉めたから、リビングまでの間に鏡はない。

うちで一番大きな鏡がそれだから、他は見なければなんとかなりそうな気がする。

「よし……きっと大丈夫」

少しだけ食べて、すぐに部屋に戻ってこよう。

頭から布団をかぶって、朝になるのを待てばいい。

怖くてふるえても、朝になればなんとかなると思う……そう思いたい。

不安がぬぐえないまま、一縷《いちる》の望みに希望を託《たく》し、ドアを開けて部屋を出た。

暗く、キリコが待ち構えているかのような廊下を歩いて一階に向かった。

階段をおりて、脱衣所のドアが閉まっていることを確認してリビングへ。

けれど、用意された晩ご飯はほとんど食べられずに、それでもほんの少しお腹に入れて席を立った。

「ラップしておくから、お腹がすいたら食べなさい」

「うん……」

お母さんにそう小さく返事をして、私はリビングを見まわした。

ずっとうつむいて食べていたから、鏡がこの部屋のどこにあるか、確認できなかったけど……。

隣の和室の奥に、お母さんの鏡台《きょうだい》が見えるだけで、他に鏡はない。

その鏡台も、布がかぶせられているから大丈夫。

少し安心して、リビングのドアを開けて廊下に出た。

「え?」

リビングを出て右にある、脱衣所のドア。

その奥にある、洗面台の大きな鏡。

二階からおりてリビングに入った時は、ドアは確かに閉まっていたのに。

お母さんはずっとここにいたし、お父さんもまだ帰ってきていないから、誰も開ける人なんていないはずなのに。

ありえない状況に、思わず首を脱衣所の方に向けてしまった私は……その奥の鏡を見てしまった。

電気がついた、明るい廊下に立ち尽くす私。

そして……。

白い顔、黒い髪で、赤い目を向ける無気味な笑い顔と、目が合ってしまったのだ。

鏡の中にだけ映る、その不気味な顔。

階段に立っている醜悪《しゅうあく》なその表情が、さらにニタリと笑みを浮かべて。

手にガラスの破片のような物を持ち、私に向かってきたのだ。

「ひっ!!」

あわてて階段の方を向くけど、やっぱり誰もいない!

再び脱衣所の鏡に目を向けると、鏡の中のキリコはガラス片を振りかざし、私に迫ってきた。

私の頭部に、ガラスの先端が振りおろされる。

「い、嫌っ!!」

うしろにあるドアノブを回し、身体を預けるようにしてリビングに転がりこんだ。

床に倒れ、今までにない恐怖が私を包みこむ。

見てしまった……見ないようにしようと、注意していたのに。

まさか、脱衣所のドアが開いていて、それをうっかり見てしまうなんて。

キリコが振りおろしたガラスがかすったのか、左手の甲に小さな切り傷ができている。

見えないキリコから、無意識にかばおうとしていたから傷を負ったのか。

それより、リビングに入ったら襲われる気配がない……。

鏡に映ってさえいなければ、殺されることはないの？

だったら……もしかしたら、影宮さんも今の私と同じ状況なのかもしれない。

スマホをさわれるような状況にないのかな。

まだ私は殺されていない……。

もしも廊下にいるキリコが、鏡に映っていない私を殺せないと言うのなら、脱衣所のドアさえ閉めればなんとか部屋に戻れるかもしれない。

だけど……廊下に出た瞬間、殺されるかもしれない。

開いた脱衣所のドア、鏡の中にキリコが待ちかまえているとしたら、私はどうすればいいの⁉

廊下に出ることができず、リビングで明日の朝まで過ごさなきゃならないの？

ここから見てトイレはお風呂よりも向こうにあるから、手前の脱衣所のドアが開いている限り、私はトイレにすら行けない。

キッチンで、お母さんが洗い物をしているけど……もしこの状態でお母さんが廊下に出たらどうなるの？

心臓《しんぞう》がバクバク言っていて、まともに考えられない。

不確定な要素だらけの現状を必死に整理するだけ。

私は殺されていない、廊下に出たら死ぬ、トイレにも行けない。

「あら？　菜月、そんな所に座りこんでどうしたの？　誰か来た？」

エプロンで手をふいて、パタパタとスリッパを鳴らして近づいてくるお母さん。

不思議そうに私の横を通りすぎ、廊下に出て首をかしげる。

「誰もいないわよね？　どうしたの本当に」

「お、お母さん！　脱衣所のドアを閉めて！」

私の声に、驚いたような表情を浮かべて、あたりを見まわして首をかしげる。

「な、何よ、変わった子ね……ドアくらい自分で閉めればいいのに」

そう言いつつも、脱衣所のドアを閉めてくれるお母さん。

これで満足？　と言うようなあきれた目を私に向けて、またキッチンの方に歩いていった。

……いつ、ドアは開いたのか。

わからないけど、今のうちに通りすぎるしかない！

急いで通りすぎた廊下。

トイレのドアをチラリと見て、一瞬行っておこうか悩んだけど、それでも今は部屋に戻ることを最優先に、私は階段を踏みしめた。

ここから先に鏡はない。

私の部屋の鏡も伏せてあるから、今日はなんとかなりそう。

階段を駆けあがり、一番奥の私の部屋に飛びこんだ。

テーブルの上に、鏡が伏せてあることを確認して、スマホを手に取った。

相変わらず影宮さんからの連絡はない。

その代わりと言ってはなんだけど、京介からメッセージがきていた。

《本当に大丈夫なのか？》

全然大丈夫じゃないけど、今、京介に言っても何も解決できない。

すぐにでも電話して声を聞きたいけど、死の恐怖が大きくて、まともに話ができそうになかった。

……あれからどれくらいの時間が流れただろう。

布団を頭までかぶって、身体を丸くして横になっていた私は、奇妙な空気を感じて身体を起こした。

「……？　何？　この雰囲気」

冷たく、重い空気が部屋の中に漂っている。

部屋の電気は消えていて、お母さんが消してくれたのかなと思ったけど……スマホの時間はまだ十時過ぎ。

お母さんが部屋に入ってくるにはまだはやい時間。

だったら誰が……。

ベッドから脚をおろして立ちあがると、テーブルの上に伏せてあるはずの鏡が見当たらない。

鏡は……どこに行ったの？

照明のスイッチを押しても、部屋が明るくならない。

どうなってるの？と、不思議に思っていた時。

――ギシッ……。

――ギシッ……。

部屋の外、階段の方から足音が聞こえる。

……誰？

お母さんもお父さんも、いつもスリッパを履いているから、こんな足音はしないのに。

鏡がないのも気になるし、この足音の正体も気になる。

二階の廊下に鏡はないから、階段をおりるまでは私の安全は確保されているはず。

でも、もしも脱衣所のドアが開いていて、少しでも映ってしまえば……キリコは私に襲いかかってくるだろう。

正直、怖いから行きたくない。

だけど、足音の正体がわからないのも怖いから、階段まで行ってみよう。

どうしてこんなことを思うのか……。

怖かったら、確認なんてしないで布団をかぶっていればいいのに。

なぜかそんな選択肢はないように思えて、私は廊下に出て、階段へと向かった。

足音は階段をおりきったようで、一階の廊下から、ヒタヒタという素足の音。

その音が止まる。

私があとをつけていることに気づいたのか、一階で待ち構えるように。

……だ、大丈夫だよね。

さっきは鏡に映りさえしなければ、襲われなかったんだから。

きっと、お母さんがスリッパを履かずに、何か用事で部屋に行っていたんだ。

私の身に、おかしなことが起こっているからって、全部がおかしいわけじゃない。

偶然が重なって怖く思えるだけなんだと、自分に言い聞かせて、ゆっくり階段をおりた。

「お、お母さん？」

だけど怖くて声がふるえる。

階段をおり、廊下の奥にある脱衣所のドアが見えてくる……。

大丈夫、ドアは閉まってるから鏡には映らない。

いや、違う。

足音の主はどこに行ったの？

脱衣所に入ったわけでも、リビングに入ったわけでもないようなのに。

階段をおりて、玄関の前までやってきた私は、廊下の照明のスイッチを押しながら
「どこにも……いない」

そうつぶやいた。

スイッチを押しても相変わらず明かりはつかず、外からの光でかろうじて屋内が見える程度。

リビングからも、光はもれていない。

姿を隠すことができるとすれば、リビングと脱衣所とトイレくらいだけど……。

ドアを開けたような音は聞こえなかった。

つまり、どこにも家族は入ってはいないということだけど……。

そうなるとやっぱり、キリコがいたんだ。

そう結論づけたその時だった。


——キィィィィ……。


と、家の中のすべてのドアが一斉に開き、その中から廊下に出てくる、何者かの足音が聞こえたのだ。

「な、何⁉ なんなの！」

まるで、私はここにおびき出されたかのように、脱衣所から人影が出てきた。

「あああ……菜月、どこなの？ 何も見えない……」

これはお母さんの声⁉

あわてて手に持っていたスマホの画面の明かりを脱衣所の方に向けると……。

そこには、両目にガラス片が突き刺さって、手探りでこちらに寄ってくるお母さんがいたのだ。

な、なんなの⁉

なんでお母さんがこんな姿に⁉

目に突き刺さったガラス片のせいで、血が流れ落ちている。

「菜月ぃぃ……まっ暗なの。何も見えないの……」

両手を前に出し、おぼつかない足取りで、こちらに迫ってくる。

ま、まさか、キリコが私だけじゃなくお母さんにまで……。

全身に、ジワッと冷たい汗がふき出てくるのがわかる。

「い、嫌だああ、お母さん……」

悲しくて、怖くて、涙があふれそうになる。

そんな中で……。

――ズズッ……。

――ズズッ……。

どうしてこんなことになったのだろうと、絶望に包まれていた私の耳に、何かを引きずるような音が聞こえた。

お母さんに向けていたスマホを、その音がする方に向けると……。

「きゃ、きゃあああああっ!!」

ドアが開いたリビングから……誰かが這《は》って廊下に出てきたのだ。

それは、床をバンバンと叩きながら、何かを探すかのようにうごめく首のない人間だった。

膝がふるえる……腰が抜けそうになるけど、一刻もはやくここから逃げたいと、階段の方に向かって駆けだそうとしたけど……。

「菜月ぃぃぃ……つかまえたぁぁぁ」

腕をお母さんにつかまれて、その場から動くことができなかった。

ズルズルと、自分の身体を引きずりながら這い寄ってくる首なし人間も、探るように私の足に手を伸ばしてつかむ。

「は、放して!」

慌てて腕と足の手を振りほどこうとするけど、ものすごい力でつかまれていてそれができない。

「放しテなんてイわナいで……親子でシょう?」

肩越しに、お母さんの声が聞こえる。

クスクスという笑い声が聞こえて、ゾクリと冷たい物が全身を駆けめぐる。

はやく逃げたいと、階段に向かおうともがく私の目線の先にある、開かれたトイレのドア。

それが、ゆっくりと閉じはじめた。

今度は……何が起こるの⁉

もうやめて……これ以上何も起こらないで！

私を押さえつけるお母さんと首なし人間からなんとか逃れ、涙を流しながら、必死に祈る私の目に飛びこんできたのは……鏡。

私の部屋の、テーブルの上にあったはずの鏡が、なぜか階段に置かれていたのだ。

「さ、さっきまではなかったのに……」

声になるかならないかというくらいの大きさでつぶやいた私の目に、さらに奇妙な物が飛びこんできた。

暗くて見えないはずの鏡に、赤く『10』と数字が浮かびあがったのだ。

それが、『9』、『8』と、カウントダウンするように、現れては消えていく。

『7』、『6』、『5』、『4』、『3』、『2』、『1』……。

そして、『1』が消えた直後、数字は『0』にはならず、鏡が割れて、階段に散らばったのだ。

「な、なに……」

私はその意味がまったく理解できずに、呆然《ぼうぜん》としていると……。

「……私を見て」

突然右側から声が聞こえ、恐怖にふるえながらそちらを向くと……そこにいたのは、鏡の中のキリコ。

さらに、キリコに髪の毛をつかまれてぶらさがる咲良の首だった。

「菜月、私をひとりにしないで」

咲良の首がそうしゃべり、ニタリと満面の笑みを浮かべて、宙を跳ねる。

まるで首だけで動く一つの生き物のように。

「あ、あ……ああ……」

何がどうなっているのか……この状況がまったく飲みこめずに、尻餅をつくように廊下に倒れた私に、キリコが迫る。

白い顔に笑みを浮かべて。

左手には、暴れる咲良の首を、右手にはガラス片を握りしめたその白い顔が、私を見定めるかのようにゆっくりと近づいてきて……。

「いらない」

そう言い、ガラス片を振りあげて、私の頭部に突き刺したのだ。

カウントダウン

ズキンと、頭部に走る痛みで目を覚ました私は、白い天井を見ていた。

荒くなっている呼吸を整えながら、自分が生きていることを確認する。昨日、私は廊下でキリコに刺されたのに死んでいない。あれは夢だったんだろうか。

昨日起こったことはどこまでが現実で、どこからが夢だったのか考える。

部屋着を着ているから、お風呂には入ったと思う。

だったら、一番可能性があるのは、夕飯を食べて部屋に戻ったあとからが怪しい。

部屋は明るく、もう朝になっているのがわかるけど、キリコはどうしているんだろう。

朝でも関係なく襲われるのかな？

映画や漫画なんかだと、夜にだけ襲われるってイメージがあるけど、咲良は昼間にキリコに襲われて死んでしまった。

そんなことを考えながら身体を起こし、テーブルの上に伏せられた鏡を見て、私は言いようのない嫌悪感に襲われた。

夢の中で見た、あの数字はなんだったのか。

まあ、夢に意味を求めても仕方ないかもしれないけど。

「はぁ……休みたいな」

そうつぶやきながらも、私はベッドから足をおろして立ちあがり、クローゼットを開いて、制服の替えのスカートとブラウスを取り出した。

学校に行きたい気分じゃないけど……それでも、身動きが取れないこの家にいるよりは、誰かと一緒にいたいと思ったから。

家で一番気をつけなければならないのは、階段をおりた時に、脱衣所のドアが開いていて、鏡を見てしまうことだ。

だけど、顔を洗うのも歯磨きをするのも、洗面所に行かなければならないし。

脱衣所のドアを気にしながら、ゆっくりと階段をおりて……ドアが閉まっていることを確認して、ホッと胸をなでおろした。

「とりあえずは大丈夫……」

まずはトイレに入り、用を足して再び廊下に出る。

昨夜の怪奇現象が嘘《うそ》かのように、脱衣所のドアに変化はない。

リビングに入り、夢の中のようなおかしなことが起こらないのを確認してホッと胸をなでおろした。

さて……朝の支度もできないのは困るから、歯磨きくらいはしたい。

リビングから出て、脱衣所のドアノブに手をかけて……私は中の様子をうかがうようにドアを開けた。

キッチンにいるお母さんに頼んで、歯ブラシを取ってきてもらって、流しで歯磨きをしたいけど、それだけはお母さんが許してくれない。前にも流しでうがいをしたら、『そんなことは洗面所でやりなさい』と怒られたから。

手がふるえる……鼓動がはやくなる。

ドアを開けた瞬間、鏡の中のキリコに殺されるかもしれないと思うと、呼吸が荒くなって喉が渇く。

少し開いたドアの隙間。

そこからおそるおそる、正面にある鏡を見てみると……。

私以外の人は映っていない。

いきなり飛び出してくる可能性がないとは言いきれないから、急いで洗面台に駆けより、棚に置いてある歯ブラシを手に取った。

水につけて、歯磨き粉をつけて。

鏡に映らないように、その場に屈んで歯を磨く。

けっきょく……キリコが現れる様子もなく、私は歯磨きを終えることができた。

「行ってきます」

朝の準備を無事に済ませることができて、家のドアを開けると……玄関の前で誰かがうずくまっていたのだ。

長い黒髪で、こちらに背を向けて屈んでいるその姿は、一瞬キリコに見えた。

「だ、誰？」

ふるえる声でたずねると、ゆっくりとその顔を私に向ける。

おびえた眼差しを、長い前髪の間からのぞかせて。

「桐山さん……なんとかここまで来ることができたわ」

……影宮さん⁉

どうして私の家の前でうずくまってるの⁉

「影宮さん！　心配したんだから！　キリコに襲われてもう……」

死んでしまったかと思った……そう言いたかったけど、咲良のことが頭をよぎり、それ以上は言えなかった。

「私は大丈夫よ……押し入れの中で過ごして難を逃れたから。それよりも、桐山さんは鏡を見なかったようね。賢明《けんめい》な判断よ」

「え、いや……私も見ちゃったんだけど、なんとか助かったんだ」

私の言葉に、驚いたような表情を浮かべて、でもすぐに元の表情に戻る。

「見たのならわかってるわね？　鏡に映ってしまったら、いつ殺されてもおかしくないわ」

そう言って、家のすぐ近くにある道路のカーブミラーを指さす。

そうか……外には隠しようのない、あんな鏡もあるんだ。

「まあ、カーブミラーにあれが現れるかはわからないけど。私たちが使ってる鏡とは、構造が違うから」

キリコはガラスや水の反射の中には存在しない。

それを教えてくれたのは影宮さん。

ガラスや水も、鏡と同じ光の反射のはずだけど、私たちにはわからない条件みたいなものがあるのかな。

「か、考えてても仕方ないね。影宮さんがここまで来られたなら、学校まで行けるよね」

「少し遠まわりをしなきゃならないけど、行けなくもなさそうね」

影宮さんは、あたりをキョロキョロと見まわした。

それにしても、昨日のメッセージといい、ここまで来たことといい、どこから私の情報を得たのだろう。

キリコもだけど、それが少し怖く感じた。

昨日まで話したこともない、影宮さんとの登校。

ともにキリコを見てしまい、妙な連帯感が芽生《めば》えはじめている。

外はどこに鏡があるかわからない。

駐車してある車や、通り過ぎる車のサイドミラーもそうだし、民家の中にある鏡が外を向いていてもアウトだ。

細心の注意を払い、いつもより二十分も遅れて、なんとか学校にたどりついた私たち。

生徒玄関で靴を履き替え、鏡に注意して、教室の方に向かった。

設置されている鏡だけじゃない。

他の生徒が持っている鏡も怖い。

その小さな鏡の中に、少しでも映ろうものなら……あのガラス片で切り裂かれる可能性がある。

まだ始業までは時間があるから、どんどん生徒が登校してくる。

「まったく……あれに気づかれさえしなかったら、こんなに苦労して学校なんかに来なかったのに」

ブツブツとつぶやく影宮さんに、ハハッと笑って見せた。

たしかに、どこに鏡があるかわからない外を歩いて登校するより、家にいた方が安全に思える。

だけど、家にいてもキリコはやってくるわけで……ひとりでいることの心細さを知ったから。

影宮さんもみんなと一緒にいたいんだなと思った。

そんな私たちが、教室のある棟に入り、踊り場に鏡がない階段を通って二階にあがると、生徒たちが廊下に出てきていることに気づいた。

「あれ？　なんだろ……みんなトイレの方に向かってる」

　咲良が殺された現場を見ようとしているのかな？

　だけど、興味本位で行くのはあまりよくないよね。

　もしかすると……そこにキリコがいるかもしれないのだから。

「あれってマジ？　本当に取れないの？」

「鏡の内側に付いてるらしいよ？　あの血」

　トイレの方から教室に戻ろうとしているクラスメイトの声に、私と影宮さんは顔を見あわせた。

「……鏡の内側に血が付いてる？　どういうことかしら？」

「わ、わからないけど……ちょっと見てこようか？」

　昨日、咲良が殺された時に飛び散った血が、そのまま残っているのかな？

　話を聞いただけではよくわからない。

　私と影宮さんは、生徒たちで騒がしいトイレへと向かった。

　それは、私たちがキリコに付けねらわれることになった鏡で、決して無関係ではいられないと思ったから。

　そして、トイレの前にやって来た私は、生徒たちの隙間から見えた鏡に、言いようのない不安を覚えた。

そこに……血で、『9』と書かれていたのだから。

「数字が……夢で見た物に似てる……」

ざわめく廊下で、影宮さんが言ったその言葉を私は聞き逃さなかった。

すぐさま影宮さんの腕をつかむと、階段の前まで移動して、その肩をつかんでたずねた。

「あの夢……見たの⁉　私の夢にも赤い字で書かれた数字が出てきた！　あの数字は……なんなの⁉」

自分で思っているよりも大きな声だったようで、影宮さんはおびえたように、顔をしかめて横を向く。

おどかすつもりはなかったけど……私も影宮さんも同じような夢を見たというのが気になったから。

「わ、私に聞かれたってわからないわ。落ち着いて、夢の内容を整理しましょう」

顔を横に向けた状態で、チラチラと目だけで私を見る。

「あ、ご、ごめん……」

あわてて肩から手を離し、おびえる影宮さんから少し離れた。

昨日、咲良が殺されてから話すようになった関係。

キリコに狙われているという連帯感で初めてつながったから、おたがいのことをよく知らない。

私も影宮さんも命を狙われてる状態だけど、それしか、ふたりをつなげる共通点はないのだから。

「あの数字を夢で見たって言っていたわよね。私もそうよ……」

影宮さんが話してくれた内容は、驚くほど私と似ていた。

押し入れの中で寝ていた影宮さんが、妙な足音に気づいてその音のあとを追うと、ガラス片が目に突き刺さったお母さんに襲われた。

そして逃げようとした時に、廊下に姿見《すがたみ》が現れて、そこに赤い数字が見えたらしい。

「その数字が、『10』から数が減っていって、『1』が消えたら鏡が割れたの」

「……偶然。にしては、夢が似すぎているわね。何かのメッセージかしら」

たとえそうだとしても、私と影宮さんだけの情報じゃ、結論を出すにははやいよね。

「咲良が『9』なら、片桐さんはなんだったのかな？　キリコに殺されたとしたら……あるはずだよね、数字」

聞かなくても、きっと数字は『10』だと想像できる。

だとしたら、『1』の次はどうなるのか……それがまったく予想できない。

「そうね……あら？　桐山さん、何か話したそうにしているみたいよ？　彼女」

首をかしげて考えているようだった影宮さんが、トイレの方を指さして言った。

その指が指し示す方を見てみると……。

「菜月、今、数字の話をしてたよね？　それって……夢の話じゃない？」

クラスメイトの山本真弥《やまもとまや》。

その言葉から、彼女もまた、キリコを見てしまったのだと推測できた。

「真弥ちゃん、もしかして昨日、鏡の中のキリコを……」

見たのは私と影宮さんだけだと思っていた。

だけど、この学校の怪談なら、他の生徒も見ている可能性はある。

「やっぱり……あれって怪談話のヤツだったんだ。昨日の放課後、咲良が死んだあとに別のトイレに行ったら、なんか変な人が鏡に映ってさ……」

そのあと、私や影宮さんと同じように、家に帰ってから殺されそうになったんだろうな。

このおびえ方は尋常《じんじょう》じゃない。

いつも明るい真弥ちゃんが、見る影もないくらい暗く沈んでいるのだから。

「山本さんも夢を見たとなると、やっぱり何かメッセージがあるようね」

私の顔を見て、そうつぶやいた影宮さんに、何かに気づいたかのように、真弥ちゃんが歩み寄った。

「ちょっと待って、影宮さん！　私のことは真弥ちゃんって呼んでよ」

さっきまでの暗さはどこに行ったのか……明るく、なれなれしい感じはいつもと変わらない
もともと感情の浮き沈みが激しい子だから、今さら驚きはしないけどね。

「ま、真弥ちゃん……。桐山さん、私はこの子、苦手かもしれないわ」

「ま、まあまあ……」

あんがい、影宮さんは思ったことをズバッと言うんだな。

「私たちが知るべきなのは、あの数字の意味ね。実際にはトイレの『9』しか見てないからなんとも言えないけど、人数なのか、日数なのか……それが気になるわね」

片桐さんがキリコに殺されたのだとしたら、片桐さんの鏡にも数字が書かれているに違いない。

それを見ることができれば、少しは何かわかるかもしれない。

「ねえねえ、影宮さんって名前なんていうの？　私を真弥ちゃんって呼んでくれてるから、名前で呼びたいんだけど」

真弥ちゃん……今はそれはどうでもいいと思うんだけど。

「……やっぱり苦手だわ。私の名前は美奈《みな》よ。だからもう、しつこく聞かないで」

あ、言うんだ。

それより、影宮さんの名前が美奈だと、私も初めて知ったよ。

「美奈ちゃんね。わかったよ。で？　なんの話だっけ？」

「えっと、数字が人数か日数かって話だけど……」

やっと話が戻ったと、私がそこまで言った時、始業のチャイムが鳴ってしまい、教室に行かなければならない時間になったと気づかされた。

「……仕方ないわね。とりあえず休み時間にまたここに集まりましょう。情報はないけど、これからのことも話をしなきゃね」

別のクラスの影宮さんと別れて、私と真弥ちゃんは教室へと向かった。

教室に戻り、席に着くと、なんとも言えない表情を浮かべた京介が私をじっと見ていた。

「何よ、変な顔で見て」

「お、お前なあ……俺がどれだけ心配したと思ってるんだよ。連絡もよこさねえしよ」

「京介がゲーセン行ってる間に起こったんだから、関係ないでしょ」

そう言いながら、私は教室の中を見まわす。

大きな鏡はない。

だけど、誰かが持ちこんだ鏡が教室のうしろに置かれていたり、机の上に教科書と一緒に置く人もいるから、油断はできない。

「関係ないことはないだろ！　何があったんだよ、言ってみろよ」

京介は、私への興味が薄いように見せかけて、なんでも知ってないと嫌だっていうところがあるんだよね。

それなら、ずっと一緒にいてくれればいいのにさ。

「私は殺されそうになってんの。京介が助けてくれるの？」

「はぁ⁉　殺される⁉　どこのどいつが菜月を殺そうとしてやがるんだよ……雪村を殺したヤツか⁉」

「そう。鏡の中にいる、まっ白い顔をしたキリコに殺されそうなの」

私がそう言うと、京介は困惑したような表情で視線を泳がせた。

「お、お前なあ……冗談言う場面じゃねえだろ」

「だから冗談なんかじゃないんだって。私だけじゃなくて、真弥ちゃんもA組の影宮さんも殺されそうなんだけど」

それに私たちだけじゃなく、他にも同じ境遇の人はいるかもしれない。

教室を見まわすと、咲良の死を知って泣いている人や、いつもとあまり様子が変わらない人がいて、それを特定するのは困難だ。

私は……どうなんだろう。

咲良が死んで悲しいけど、その死があまりに衝撃的だったのと、自分が命を狙われているという恐怖が、悲しみを上まわっている。

「ただの怪談だろ……それがなんで、お前を殺そうとするんだよ」

そんなの知らないよ。

怪談だから殺そうとしてるんじゃないの？

キリコに恨《うら》みを買うようなことをした覚えはないし、〝見てしまった〟から殺されそうなだけ。

誰も座ることのない咲良の席を見つめながら、私はため息をついた。

「とにかく、私は鏡に映っちゃうとキリコに殺されるからね。私に鏡を見せないでね」

「……よくわかんねえけど、鏡を見せなきゃいいんだな」

そんなことを話している間に、担任の原田《はらだ》先生が教室に入ってきて、朝のホームルームがはじまった。

原田先生は、いつものように出席を取ったあと、神妙な面持ちで咲良の死をみんなに伝えた。

年の割に若く見える五十歳前の原田先生は世界史を受けもっていて、私たちのことをしっかりと考えてくれるいい先生だ。この学校のＯＢでもある。怒ると怖いけど、話し方も優しいし、よく笑いもするが、ときおり目が笑っていないことがあるし、女子生徒が苦手なのか、目を合わせないことが多々ある。

そんな先生が、言葉を選びながらゆっくりと話す。

何があったのか、どうして死んだかということは話さずに。

それでも、もうとっくにみんな知っていると思うけど。

「……まあ、妙な噂が流れているようですが、みんなはそんな話に惑わされることがないようにしてください」

「せ、先生。だけど、怪談が現実に起こっていると思います。変な声を聞いた人もいるらしいですし、鏡の中に何かがいるって……」

クラスメイトのひとりが、手を挙げて先生に反論した。

それを待っていたかのように、教室の中がざわめきはじめる。

「あれだろ？　鏡の中の幽霊に気づいて、気づいたことが幽霊に気づかれると殺されるって」

「雪村さんは鏡の中の幽霊に殺されたんだよね⁉　トイレの鏡の血が、内側に付いてたんでしょ！」

ふたりめの同級生の死、そして、鏡に残された不気味な数字。

それが生徒の不安をあおり、抑えていた感情がここで噴出した感じだ。

各々《おのおの》、言いたいことを言って騒いでいる。

この中で、本当に鏡の中のキリコの恐ろしさを知ってるのは何人いるのか。

教室を見まわしてみると、真弥ちゃんはうつむいていて、反論をしていない。

そして……この中にもうひとり。

真弥ちゃんと同じようにうつむいている人がいた。

騒がしかった教室は、先生の一喝《いっかつ》で静まり返り、ホームルームは終わった。

でも、生徒の質問には答えずに、力ずくで話を終わらせたことで、みんなは不満を募らせたみたいで。

「何も言わなかったってことは、やっぱり本当なんじゃねえの？」

「怪しいよね、何かを隠してる感じがするよ」

真実を言わないでだまらせたことで、生徒たちの想像はますますエスカレートして行く。

「おい樹森《きもり》、鏡を見てみろよ、幽霊が映るんじゃね？」

クラスの、不良と呼ばれる類いに入る木崎《きざき》くんが、同じグループの岡田《おかだ》くん、橋本《はしもと》くんと笑いながら、ことあるごとにいじめている樹森くんに、笑いながらそう言った。

「い、いや、それは……」

それにはさすがに樹森くんも、言葉少なく拒否する。

「本当に映ったらどうすんだっての。咲良みたいに首切られて死んじゃうよ」

咲良の死を悲しんでる人がいる中で、あまりにも考えのない岡田くんの言葉。

おもしろ半分で鏡を見て、キリコに気づかれれば、笑い話では済まなくなってしまうのに。

「それにしてもよ、なんだって急にこんなことになってんだよ。この前まで噂はあっても、実際には起こらなかっただろ」

……そうだよね。

うちの高校の怪談と言えばこれと言うくらいみんな知ってるし、どの時期でも変わらず鏡は見ているのに、今までそんなことは起こらなかった。

このクラスで、キリコの恐怖を知っているのは私と真弥ちゃん。

そして、おそらくさっき、ひとりうつむいていた樹森拓志《たくし》くん。

休み時間に話を聞いてみよう。

一限目の授業が終わり、階段前に集まる前に、私は樹森くんの席に向かった。

鏡に映らないように、教室のうしろに置かれている鏡を裏に返して。

「樹森くん、ちょっといい？　聞きたいことがあるんだけど」

「え？　き、桐山さんが僕になんの用が……」

あたりを見まわして、驚いた様子で自分を指さす樹森くん。

女の子に話しかけられることに慣れていないのか、耳を赤くして口もとがゆるんでいる。

「えー、菜月ちゃん、どうして樹森なんかを……まさか、そんな趣味が？」

「おいおい、マジか？　俺と付き合ってるのによ」

一緒にいた真弥ちゃんが言った言葉に、京介まで反応しちゃったよ……。

こんな時にそんなことを考えてるわけないでしょ。

「あー、もう！　ふたりはだまっててよ！　樹森くん、私たちと来てくれない？」

「あ、ああ。うん。わかったよ」

私の予想では、きっと樹森くんはキリコを見ている。

太っていて、見た目はオタクっぽい樹森くん。

人を見た目で判断したらダメだとは思うけど……樹森くんは本当にオタクなんだよね。

ゲームとアイドルが大好きで、学校でもその類《たぐい》の雑誌を読んでいたり、週末になるとオタク友達と、地下アイドルのライブに朝から行ってると本人が言っていた。

それを気持ち悪く思う人もいるんだよね。名前が樹森拓志だから、略して「キモタク」。

ゲーム好きの京介は、そんなことでいじめられる樹森くんをかばったりしているから、京介のことをよく思わない人もいるみたいだけど。

そして、騒がしい教室から出て、影宮さんと待ち合わせをした階段前に向かう。

もうすでに影宮さんはいて、長い前髪の間から私たちを見た。

「また人が増えてる……桐山さんのクラスはどうなってるの？　紫藤くんにキモタクくんまで」

「えっと、樹森くんはたぶんそうなんだけど、京介は……なんでここにいるの？」

私が呼んだのは樹森くんだったのに、さも当然のように京介も付いてきている。

「ああ？　べつにいいだろ。気になるから来たんだよ」

ボリボリと頭をかいて、はやく話を聞かせろと言わんばかりに影宮さんを見る京介。

「いやいや、この集まりはなんなんだい⁉　僕はなんのために連れてこられたんだい⁉」

私と真弥ちゃん、影宮さんと京介と樹森くん。

こんなことがなければ、まず一緒にはならないメンバーだけに不安なのだろう。

「説明せずに連れてきたのね？　まあいいわ。キモタクくん、あなた……鏡の中の幽霊を見たわね？」

影宮さんがそう言うと、ビクッと身体を震わせる。

首を横に振って、否定するかと思ったら……あきらめたかのようにブレザーを脱ぎ、カッターシャツをまくって腕に巻かれた包帯を私たちに見せたのだ。

「昨日の帰り、教室のうしろにある鏡に変なものが映って……それが家まで付いてきたんだ」

　みんなと同じ状況……そのあと、襲われたのだろう。

　この腕の傷は、昨晩キリコから逃げ切った証。

「私たちの共通点は、幽霊に命を狙われているってことね。探せばまだまだ出てくるかもしれないかもしれないけど、とりあえず私たちはこのメンバーで固まってましょう」

「ん？　それはいいんだけど、他にもいるならみんな集まればいいんじゃないの？」

　命を狙われてるのは私たちも同じことで、その恐ろしさを知っているからこそ、みんなと協力できると思うのに。

　それなのに、なぜこのメンバーで固まるの？

「昨日とは状況が違うわ。少人数が襲われたのとは違って、今、もしも……クラス単位であれを見てしまったらどうなると思う？」

　影宮さん、そんなことを考えていたの？

　もしもそうなったら……クラスの人たちがパニックになって、授業どころじゃなくなるかな。

　だけど、それで私たちの状況が悪くなるとは思えないんだけど。

「みんな仲よく幽霊から逃げて、団結力が強くなるよねー」

楽天的な真弥ちゃんが笑いながら言ったけど、影宮さんはあきれたような表情で首を横に振る。

あれ？　違うのかな。

私も真弥ちゃんが考えているのと同じことを考えてたのに。

「今日はたぶん大丈夫かもしれないけど、明日……」

と、そこまで影宮さんがつぶやいた時だった。

「おい！　嘘だろ!!」

「キャーッ!!　今の何!?」

「今の、人間じゃねえよ!!」

ざわめいていた廊下に、耳をつんざくような悲鳴が轟《とどろ》いた。

その悲鳴は、私たちに何があったのかということを、容易《ようい》に想像させた。

「私たちの教室!?　嘘でしょ!?」

その悲鳴に振り返ると、教室から飛び出してくる生徒たちの姿がそこに。

ホームルームの時にあれだけ騒いでいたから、いつかはこうなるんじゃないかと思っていたけど……はやすぎるよ！

「おいおい、何が起こったんだよ！」

「行った方がよさそうね。最悪の事態の始まりかも……」

影宮さんは小走りで悲鳴がした私のクラスに向かう。

私たちもそのあとに続き、教室の前にやってくると……。

廊下に飛び出す生徒をかき分け、教室の入り口にたどりついた私たちは……椅子の座面に足を、机の上に腰をおろし、恍惚《こうこつ》の表情で天井を見あげている男子生徒の姿があったのだ。

「な、なに……これ」

その前には、教室のうしろに置かれていた片手に収まる程度の鏡と……腹を裂かれた前田《まえだ》くんの遺体。

床は血まみれになり、鏡と男子生徒は返り血を浴びて赤く染まっていた。

「なんだよ……うぷっ!!　これは、お前がやったのか！　伊達《だて》!!」

そのあまりに凄惨《せいさん》な光景に、吐き気をもよおした京介。

なんとかそれに耐え、机に座っている男子生徒、伊達勝《まさる》を問いつめた。

「何って……怪談が本当かどうか確かめていただけさ。僕がやったわけじゃない。犯人は鏡の中の幽霊。これがどういうことかわかるかい？　僕は、人を殺す権限を手に入れたんだよ」

伊達くん……人がひとり殺されたのに、何を言ってるの？

前田くんの遺体を前にして、笑っていられる精神も信じられない。

鏡を机の上に伏せ、机からおりた伊達くんが、私たちではなく前田くんの遺体に近寄る。

腹を裂かれ、内臓が引きずり出されている、とても見ていられない状態なのに。

信じられないことに、その切り裂かれた腹に手を入れ、ぐちゅぐちゅとかきまわしたのだ。

「勉強で人体の構造を知っていても、こうして直にさわる経験なんてめったにできるもんじゃない。こんなぬくもりがあるのか……」

その姿は、あまりにも常軌《じょうき》を逸《いっ》していて、私の隣にいた樹森くんは、吐き気に負けて廊下の隅に嘔吐《おうと》してしまう。

「汚いわね……もっと離れた場所でできなかったのかしら？」

そんな状況でも、顔色一つ変えずに教室の中をのぞく影宮さん。

こうなることを予測していたのだろうか。

「ほら、小腸《しょうちょう》だってこんなに長くてやわらかい。すばらしい経験だよ」

前田くんの小腸を両手に持ち、嬉しそうに笑うその姿は……狂っているとしか言えなかった。

「かける言葉が見つからないわ。桐山さんのクラスの人はどうなっているのかしら？

どうなっていると言われても……。

みんなの行動なんてわからないし、私も伊達くんがこんなことをするとは思ってもみなかったから。

「そんなこと言ってる場合かよ！　どうすりゃいいんだよこれ」

京介が言うように、私たちはどうすればいいのかわからなかった。

内臓を引っぱりだされた前田くんの遺体、血まみれの床、返り血を浴びて内臓と戯《たわむ》れる伊達くん。

できれば中には入りたくないし、伊達くんに近寄りたくない。

そう思えるほど、異様な光景なのだ。

真弥ちゃんは隣の教室の方まで逃げてるし、樹森くんはまだ苦しそう。

私だって決して大丈夫なわけじゃない。

だけど、昨日、咲良が殺される所を目の当たりにしたから、初めて遺体を見るよりは心の準備ができていただけ。

膝はふるえているし、気を抜けばその場に座りこんでしまいそう。

教室の入り口のドアをつかんで、立っているのが精一杯だった。

「さて、次は女性の中も見せてほしいな。桐山か、影宮か、どっちでもいいんだけど」

前田くんの小腸が伊達くんの手から離れ、ベタッと音を立てて床に落ちる。

伊達くんは伏せられた鏡を取り、血まみれの顔でニタリと笑ってこちらに向かって来る。

「さあ、中身をぶちまけろ！」

私たちが身を隠そうとするよりもはやく、伊達くんの手に持っている鏡が向けられた。

まずい！と、思うけど、足が動かない。

鏡面がこちらに向けられて、キリコに襲われる……と、身構えたけど。

血にまみれた鏡の中に、キリコの姿は見えなかったのだ。

「……桐山さん、助かったようだわ。そこにはもう、幽霊はいない」

「う、うん……」

とはいえ、まだまだ安心できない状況に変わりはない。

「なんだ？　鏡を見たら絶対にいるわけじゃないのか？　肝心《かんじん》な所で役に立たないな」

と、伊達くんが首をかしげて鏡面をのぞきこんだ時だった。

「お、お前ら！　一体何をした!!　紫藤……またお前か！」

息を切らせて階段を上ってきて、廊下に出るなり京介をにらみつけて、原田先生が駆けよってくる。

「お、俺じゃねえし!!　こいつだよ！　間違えんじゃねぇ！」

勘違いされては困ると、あわてて教室内を指さして吠える京介。

「お前じゃなかったら他に誰が……」

　そこまで言って、教室の中をのぞきこんだ原田先生は、血まみれで立ちつくす伊達くんの姿を目の当たりにして……言葉を失ったようだ。

　京介とは違い、成績優秀でマジメなタイプの伊達くんが、どう見ても言い逃れができない状況の中にいたのだから。


　しばらくして、我に返った先生によって伊達くんは取りおさえられた。

　昨日に引き続き警察が来て、その時教室にいた生徒全員が事情聴取を受けることになった。

　けど、幽霊が出たなんて言っても信じてくれないだろうな。

　いつも同じ鏡の中にいるならともかく、そこにいないこともあるのだから、証明することもできない。

　そして、さすがに三日連続で、そのうち二日は学校内で生徒が死亡したという事態を重く見た学校側は、しばらくの間、臨時休校にすることを決定した。

　生徒の登校は自由。

　ただし、警察の捜査の邪魔《じゃま》にならないよう、図書室や自習室を使用することを条件に。

それを聞いたほとんどの生徒が喜び、家に帰っていったけど……昨日、鏡の中のキリコに襲われた私たちはすぐに帰らずに、二階の自習室に集まっていた。

「……まさかの事態ね。遅かれはやかれ、こうなるだろうとは思っていたけど、よりによって伊達くんがね。マジメなヤツほど怖いって典型かしらね」

「あれはもう、そんなレベルじゃなくない⁉　腸を引っぱりだして……うっ、思い出したらまた気持ち悪く……」

真弥ちゃんが手を口に当てて、顔をしかめながら声をあげた。

樹森くんなんて、嘔吐しすぎて顔がまっ青になっている。

「で、なんでお前らは帰らないんだ？　学校にいて、例の幽霊が出るってんなら、家に帰った方がよくね？」

この中で、キリコの恐怖を味わっていないのは京介だけ。

そして、家がどれだけ恐ろしいかということをわかっていない。

「家に帰ったら、もう明日を迎えることができないかもしれないわ。私たちは今、そんな状況下に置かれてるのよ」

昨日の夜のことを考えると、影宮さんが言っていることは決して大袈裟《おおげさ》じゃない。

だけど、あらためてそう言われると……気を抜けば、あっさりとキリコに殺されてしまう危険性があることを思い出す。

私が気を抜いて、昨日脱衣所の鏡を見てしまったように。

「まあ、前田があんな死に方をしたんだから、お前らが言うならそうなんだろうけどよ。それにしても、残って何するんだ？」

私にもどうしていいのかわからないのだから、京介にはもっとわからないだろう。

真弥ちゃんも首をかしげて、椅子に座っているみんなの顔を見まわす。

そんな中、樹森くんが申し訳なさそうに手を挙げて口を開いた。

「もしかして影宮さん、幽霊を探そうとしてるんじゃないの？」

樹森くんのその言葉で、いっせいに影宮さんを見る私たち。

そんなことはしないと思うけど……影宮さんは、真剣な表情で私たちを見渡した。

「まあ、半分正解、半分不正解ね。幽霊なんて探したら、私まで殺されてしまうもの。探すのは幽霊じゃなくて、怪談の出どころかしら？」

何を言いだすかと思ったら、怪談の出どころだなんて。

たしかに、この学校の三つの怪談には、実際に犠牲《ぎせい》になった生徒がいるという話を聞いたことがある。

だからこそ、鏡の中にキリコが映っても気づいてはならない。気づいたことに気づかれてはならないという話まであるのだ。

「怪談の出どころなんてどうやって調べるつもりだい？　幽霊に会って、話でも聞くつもり？」

「そ、そうだよー。怪談は知ってるけど、昨日までそれが本当だなんて思わなかったんだよ？　美奈ちゃん、どうやって調べるつもりなの？」

名前を呼ばれ慣れてないせいか、影宮さんが『美奈ちゃん』の部分でピクリと反応する。

「みんな、不思議だと感じない？　この学校の階段の踊り場、鏡がある場所とない場所があるの」

「ん？　そんなのべつにおかしくはねえだろ？　元からなかっただけじゃねえの？」

私も京介と同意見。

とくに気にしたことがなかったから、深く考えたこともなかったけど。

「私も気にしなかったけど……鏡があったと思われる跡を見つけたわ。それは、どういうことかしらね？」

「どういう意味って……ある必要がないとか？　それか割れたから撤去《てっきょ》したとか？」

あったものがなくなるなんて、それくらいしか思いつかないけど。

私の言葉に、真弥ちゃんも京介もうなずく。

だけど、樹森くんだけは影宮さんの真意に気づいたようで。

「……もしかして、鏡に映らずに移動をできるようにするためとか？」

「私はそう思ってるわ。そして、なぜそんなことをしなければならなかったのか」

それはわかる。

キリコに気づかれたとしても、殺されなくて済むように……って、あれ？

「桐山さんも気づいたようね。だったら、鏡を取り外したのは誰か……そんなことができるのは、先生たちくらいじゃないかしら？」

たしかに先生たちが撤去したのなら、誰も文句は言えないし、鏡が戻されることもないだろうけど。

「ということは、先生たちはこうなることがわかってたってことか？」

「……あるいは、過去に同じことが起こって、その時に外したのかもしれないわね」

もしも、影宮さんが言うように、過去に同じことがあったとしたら……どうして鏡が全部撤去されなかったのだろう。

生徒が教室に鏡を置いていても、注意をされたことなんてないし。

「んー……まあ、考えてても仕方ねえだろ。直接聞けば解決するんじゃねえの？」

そう言って立ちあがった京介。

まあそうだよね。

過去の話を知らない私たちが、何を話していても答えなんて出ない。

どれもこれも、推測でしかないのだから。

「教えてくれるかどうかは別として、直接聞くというのはいいわね。先生の反応が楽しみよ」

口の端に少し、笑みを浮かべる影宮さん。

まだ何か考えていることがあるのかな。

昨日話すようになったばかりで、影宮さんの性格がわかっているかと言われたら、ほとんどわからない。

クールで、私とは違う物の考え方をするということくらいしか。

こんなことでもなければ、話すこともなかったかもしれないな。

京介が教室を出て、そのあとに影宮さん、私と続いて出る。

とりあえず京介を除く私たちは、鏡のない階段を通らなければならない。

こんな時、全部の鏡がなかったらと思うけど……そんなに都合がいいことはないかな。

「ところで桐山さん。伊達くんが私たちに向けた鏡を見たわよね？」

先を歩いていた影宮さんが、速度を落として私の隣に並ぶ。

「う、うん……キリコがいるかと思ったけどいなかったね。それに……」

あの鏡には、わかりにくかったけど、数字が書かれていた。

赤い血のカーテンの奥に赤い字で。

あれは『8』だったような気がする。

「数字が書かれていたわ。人がひとり死んで『8』になったのか、それとも残り八日という意味なのか、まだわからないわね」

「うん……でも、先生がそれを知っていたら、話を聞けばわかるはずだよね。過去に同じことが起こっていたとしたら」

そんなことを話しながら差しかかった、私たちの教室の前。

教室内には警察の人たちがいて、現場検証というヤツが行われているまっ最中。

普通なら、学校始まって以来の大事件……と、騒がれてもおかしくないはずなのに。

廊下を歩いていると、隣の教室から刑事さんと原田先生が出てきた。先生は、げっそりした表情ではあるものの、落ち着いているように見えた。

「お、ちょうどよかった。先生、話があるんだけどさ」

刑事さんに事情聴取を受けていたであろう直後だというのに、京介はそんなことはお構いなしにたずねた。

「あぁ……お前たち、まだ帰ってなかったのか。先生はちょっと職員室に戻りたいんだけどな……」

「こっちはコイツらの命が懸かってんだよ。前にもこんなことがあったのか？　他にも色々聞きたいんだけど」

京介が言ったその言葉に、原田先生は眉間《みけん》にシワを寄せて、大きなため息をついた。

私たちは、先生に空き教室に連れられて、咲良が殺された時に鏡の中にキリコがいたということ、昨夜、殺されそうになったことや、教室で生徒が何人もキリコを見たことを伝えた。

「……そうか。だったらはやく帰って鏡を見ないようにしなさい。死にたくなければ、事態が収まるまで部屋から出ないことだ」

それだけ言って、過去に何があったのかは教えてくれない。

あきらかにそれを避けて、話を終わらせようとしているのが見え見えだ。

「先生、階段の鏡を取り外したのも、今回のことと関係してるんですか？」

真弥ちゃんの質問に、少し考えたあとで先生が小さくうなずいて口を開いた。

「ああ、そうだ。そうしないと誰も階段を通れなくなるからな。それに……いや、これは関係ないな。とにかくはやく帰りなさい。いいね」

原田先生はそう言うと、私たちから逃げるように教室から出ていった。

教室に残された私たちが知ることができたのは、鏡が先生たちによって、過去に取りはずされていたということだけ。

「お、思ったよりもいろいろ聞けたね。詳しくは教えてもらえなかったけど、知りたいことは知れたよね？」

……と思ったのに。

　また樹森くんと影宮さんは、何かを察したかのように顔を見あわせていた。

「なになにぃ？　ふたりだけでわかってないで、私にも教えてよ」

「わかったわ、真弥ちゃん。先生は言ったわね？『事態が収まるまで』って。それに、鏡を取り外したとも言ったし、先生たちは間違いなくこのことを知ってたというわけよ」

　まあ、それは私もわかるけどさ、他にもわかったことがあるような口ぶりだったけど。

「でも、鏡の数字のことは聞けなかったね。あれは何なんだろう？」

「さあ？　だけど、もしも今日このあと誰かが幽霊に殺されて、その鏡を見ることができたら数字の謎は解けそうね」

　誰かが殺されたら……か。

　たしかに、数字が人数を示しているとしたら、今日中に誰かが殺されたら数字は減る。数字が日数だとしたら、今日何人殺されたとしても、数字が減ることはない。

　理屈ではそうなんだろうけど、誰かが死ぬことを待っているようで、いい気はしないな。

「うわー、次は私にならないように気をつけないと。あんな死に方だけは絶対に嫌だし」

「うん、そうだね。このまま誰も死なずに、収まってくれれば……」

と、私と真弥ちゃんがつぶやいた時、影宮さんは小さく首を横に振って目を見開いたのだ。

「それはないわ。明日になれば……また何人か死ぬわ」

「影宮さん、それってどういうこと？　そう言えば、一限目が終わったあとに何か言おうとしてたよね。それと関係あるの？」

その直後、私のクラスから悲鳴が聞こえて話が中断されたから聞いていない。

「ええ、みんなは昨日見た夢をどう思ったかしら？　鏡の数字が『0』になったらどうなるか……」

「それは……どうなるんだろ？　あ、先生が言ってたみたいに収まるとか？」

真弥ちゃんがそう言った時、私の脳裏にあのふたりの姿が……。

前田くんと伊達くんの姿が浮かんだ。

「だとしたら……自分が死なないうちに、はやく『0』にしようとする人が出てくるかも。伊達くんはそれが目的じゃなかったみたいだけど」

考えられる、最悪の事態を想像してみたけど……もしもそんなことになったらどうすればいいのだろう。

いや、それよりも怖いのは、まだ何も起こっていない状態の時にそこまで考えていた影宮さんだ。

想像力と言うか、妄想力がすごい。

「そう、伊達くんは力を手に入れたと勘違いしているだけだからたいしたことはないけど、本気で殺しにかかってくる人が出てきた時、どうするかが問題ね」

あまり考えたくはないけれど、そうなった時に私はどうすればいいのか……答えは出なかった。

とりあえず、あれこれといろんなことを推測してみるけど、今の私たちにはどうすることもできない。

まさか、先手を打って他の誰かを殺しにいくわけにもいかないし。

それに、鏡を見てもキリコが現れないこともあるのだから。キリコがいつ、どんな時に現れるのか、規則性や条件があるのかは、まったくの謎なのだ。

怪談の出どころを探すと言った影宮さんも、先生があの調子じゃ何も聞きだせないと感じたのか、帰り支度を始めている。

「あ、あれ？　影宮さんもう帰るの？」

スマホの時計を見ると、まだ午前十一時半。

まだ家に帰りたくない私にとって、人がいなくなるのはさみしく思えた。

「まだ帰らないけど、少し調べたいことがあるの。桐山さんたちは帰っていいわよ。何かわかったらメッセージ送るから」

「え？　何を調べるの？　それなら私も手伝……」

「結構よ。ここまで話が大きくなると、ひとりの方が動きやすいことだってあるから」

そう言うと、影宮さんは表情を崩すことなく教室を出ていった。

昨日から話すようになって、少しは仲よくなれたかなと思ったのに、影宮さんはそう思ってないのかな？

「なんかさー、美奈ちゃんって変わってるよね？　こんな時にひとりで行動するなんてさ。私なら誰かといたいなー」

「うん、まあそうだね。私もまだ家には帰りたくないもん……」

「じゃあ、話は終わったみたいだから僕は帰らせてもらうよ」

樹森くんまで、冷めたような目を私たちに向けてそうつぶやいた。

「ひとりで大丈夫なのかよ。お前、菜月が声をかけるまでガタガタふるえてたじゃねぇかよ」

言い方は乱暴だけど、京介も樹森くんを心配しているみたいだ。

「……声をかけてくれたのは嬉しかったけど、影宮さんがいないのに、キミたちといる理由がないからね。いろんな話が聞けたことには感謝してるよ」

教室を出ていった樹森くんは、何だか思いつめたような表情で。

少し不安に感じた。

「なになにぃ？　樹森くんって、美奈ちゃんが好きなの？　あんがい似合ってるかもしれないよね」

「なんだよ、そうなのか？　それならそう言えよな、まったく」

京介と真弥ちゃんは、こんなことを言っているけど……私は違うと思う。

影宮さんは、何かわかったらメッセージを送るって言ってくれたけど……樹森くんはもしかすると、頭の回転が鈍い私たちと一緒にいても得がないと感じたのかもしれない。

私の思い過ごしだといいけど、あの表情からは何か、そんな意思みたいなものを感じてしまった。

そして、教室に残された私たちは、このあとどうするかを話し合った。

戦慄の夜に

けっきょくそのあと、私たちも学校を出ることにした。

朝に歯磨きをした時も現れなかったし、伊達くんに鏡を向けられた時も、キリコは襲ってこなかったから、今日はもう大丈夫かもしれないということになったのだ。

「私も今日は見てないなあ。見たら殺されるってわかってるから、意識して避けてるだけかもだけどね」

今日は、真弥ちゃんもキリコを見ていない。

昨夜は、まるで私をマークしているかのようにピッタリと付きまとっていたのに。

目を覚ましてからそれが止んだ。

「でもまあ、気をつけた方がいいよね。現れないかもしれないけど、鏡に映らないようにさ」

「うちさ、玄関入ってすぐに鏡があるから怖いんだよー」

ひとりでいるのが怖いから、今日は真弥ちゃんの家に泊まりにいくってことになったのに、決定してからそんなことを言わないでよ。だからと言って、今断るのも悪いしなあ。

「なんか、お前ら見てると、本当に危険なのかわかんねえな。前田みたいになる可能性があんだろ？」

キリコが現れない安心感から、朝みたいに鏡をとくに気にすることもなく、道を歩いて真弥ちゃんの家へと向かっていた。

京介とは、途中で駅に向かうために別れる。

たしかに私たちには、危機感が足りなく見えるかもしれない。だけど、軽く考えてるわけじゃないんだけどな。

「ただいまー」

京介と別れて、真弥ちゃんの家にやってきた私は、真弥ちゃんに続いて中に入った。

「お邪魔しまー……」

あいさつをしながら、玄関に入った私の目に飛びこんできたのは……正面の壁に飾られた大きな鏡。

玄関を入ってすぐにあるとは聞いていたけど、まさか真正面にあるとは思わなくて、ビクッと反応してしまった。

だけど……。

キリコが現れて私たちを殺そうと襲いかかってくる気配はない。

今はここにいないだけなのかな。

昨日と違って、今日は大勢の生徒がキリコに気づかれたみたいだから。

嫌な空気は感じない。

感じないけど……何かが起こりそうな気配は残っている。

気を抜けば、昨日の夜のように、ふとしたタイミングでキリコを見てしまうかもしれないし。

「菜月ちゃん、この廊下の奥にトイレがあって、その手前がお風呂ね。私の部屋は二階にあるから、はやく行こ」

階段を上り、二階に向かう真弥ちゃん。

「あ、待って」

脱いだ靴をそろえて、真弥ちゃんのあとを追うために階段の方を向くと……。

視界の左側で、キリコが鏡に張りついて私を見ているのがわかった。

いないと思って気を抜いた瞬間、私を襲う激しい悪寒。

殺そうとはしていないようだけど……それがまた、不気味さを醸《かも》しだしていた。

鏡の中から感じるキリコの視線が、私の鼓動をはやくする。

全身を駆けめぐる血液が、皮膚《ひふ》の内側をチクチクと刺激して……寒くないのに手足がふるえる。

鏡を……キリコを見ないように、階段の方に移動すると、鏡の中のキリコも私に合わせて動く。

大きな鏡。

私を追いかけてくるような、その動きは気味が悪くて。

急いで階段に足をかけた瞬間、背後から例の声が聞こえたのだ。


「……私を見て」


耳に届いた途端《とたん》、ゾワゾワと背筋をなでられるような感覚に襲われる。

「ひっ！」

恐怖に背中を押されて、あわてて階段を駆けあがった私は、あがってすぐの部屋の、ドアの前にいる真弥ちゃんの腕にしがみついた。

「な、何⁉　菜月ちゃんどうしたのよ！」

「い、いた！　いたいた！　いたの！　鏡の中にキリコが‼」

「えっ！　う、嘘でしょ⁉」

私の言葉で、真弥ちゃんの動きが止まる。

ドアノブをつかんでいた手を放し、視線をゆっくりとドアの方に向けた。

「な、なんでうちにいるの？　私たちが狙われてるってこと？」

そうたずねられても、私にもわからない。

ただ、鏡の中のキリコに気づいてはいけないという恐怖は、依然《いぜん》として継続しているのだ。

「ん？　真弥ちゃんどうしたの？　部屋に入らないの？」

真弥ちゃんは何かを思い出したかのようにドアノブから手を放したけど……なんなんだろう。

「あ、朝にさ、あれは夢かなと思って、自分の部屋の鏡を見たんだけど……何も起こらなかったから、そのままにして出てきちゃった」

「朝に鏡を見たの!?　真弥ちゃん、思ったより勇気あるんだね……」

「だって、夢かなと思ったんだもん！」

現実とは思えなかったから、普通に学校に来て、トイレの野次馬に混ざって……そして、私たちの話を聞いて恐怖したんだ。

でも、真弥ちゃんが朝に鏡を見て、そこにキリコが映っていなかったと言うなら、一つの可能性が浮かんでくる。

「朝は、キリコは現れないのかな？」

あくまで仮説だけど、私の家の鏡にも、今朝はキリコは現れなかった。

何か出てこない条件があるのなら、気をつけていれば死にはしないと思える。

「私に聞かれても……ど、どうする？　部屋に入る？」

「鏡があっても、見なきゃ大丈夫だよ。廊下にずっといるわけにもいかないしね」

「う、うん……そうだね」

そして真弥ちゃんはドアノブに手を置いた。

——カチャリ……。

ゆっくりとドアノブが回され、ドアが開かれる。

昼間だと言うのに、カーテンが引かれているからか、まっ暗な部屋。

わずかな隙間から、ひんやりとした空気が廊下に出てきているようで、足もとが寒く感じる。

この感覚……キリコが中にいそうな気がするよ。

そう感じる私のことはおかまいなしに、真弥ちゃんの手が、ドアを押し開く。

人ひとり入れるくらいの隙間から手を伸ばし、部屋の明かりのスイッチを押した真弥ちゃん。

パッと、まっ暗だった部屋に明かりが灯り、かわいらしい女の子の部屋が私の目に飛びこんできた。

少し散らかってるけど、私の部屋と大差はない。

これくらい散らかってても普通だよね、女の子の部屋なんてさ。

部屋の中を見まわすと……テーブルの上に、例の鏡がこちらを向いて立てられていた。

視界の中に捉えただけでもわかる。

その中に、白い顔があって……こちらを見ているのが。

その目はたぶん、私たちをジロジロと見つめていて……カミソリで皮膚をなでられているような鋭い感覚に包まれる。

たった数秒のことだけど、とてつもなく長い時間が流れたようで。

それに耐えきれなくなったのか、真弥ちゃんが駆けだして、鏡に手を伸ばした。

パタッ……と、鏡がテーブルの上に倒れた。

ほんのわずかな時間なのに、信じられないくらいの汗が額《ひたい》に噴《ふ》きだしている。

「はぁ……はぁ……やめてよね。私の部屋なのに」

ただ立っていただけでこんな状態だったのだから、動いた真弥ちゃんはもっと恐怖しただろう。

ほんの三歩の距離だけど、真弥ちゃんにしてみたら果てしなく遠い距離に思えたに違いない。

でも……そのおかげで、空気がまた落ち着いた。

張り詰めていた空気はゆるみ、この部屋独特の空気に変わっていく。

殺伐《さつばつ》とした雰囲気は消え去り、ふんわりとした心地よい雰囲気に。

「ふう……それにしても、どうしてこのタイミングでキリコが現れたんだろうね」

考えてもわかるはずがないんだけど、考えることをやめると、警戒心も薄れてしまいそうで。

嫌だけど、考えるしかなかった。

「家で待ちかまえてるとか、勘弁《かんべん》してよ……それがわかってたら、朝に鏡を伏せて出てきたのに」

「そうなんだよね……私はキリコがずっと付けねらってると思って、鏡自体を避けてたけど」

いないと思って、油断した途端にこれだ。

死なないためには、鏡には本当に気をつけなければならないのだ。

そのあと、テレビを見ながら真弥ちゃんと夕方まで話をしていた。

部屋の中の鏡は裏になったままだ。

「……でさ、一年の終わりに須藤《すどう》くんに告ったんだけど、あの皆川《みながわ》がさ。あー、思い出しただけでムカつく！」

話は、鏡の中のキリコから、恋愛の話に移っていた。

こんな時に恋愛の話なんて……と思ったけど、気を紛らわせるにはちょうどよくて、真弥ちゃんの話をずっと聞いている。

「須藤くんと皆川さん、付き合ってるみたいだしね。あれ？　それも一年の終わり頃じゃなかったっけ？」

「それだって！　あのクソ女、私のあることないこと須藤くんに吹きこんでさ、私が断られたのは絶対あいつのせいだし」

……そんなことがあったのか。

たぶん、真弥ちゃんの憶測もあるんだろうけど、もしも本当なら怒っても仕方ないかな。

なんて、話をしていたけど……少し前からトイレに行きたくてたまらない。

この家のトイレは、階段をおりて廊下の奥に進むとある。だけどそれまでに、玄関の大きな鏡の前を通り過ぎなければならない。

私の家みたいに、階段をおりた正面にあるわけじゃないけど……ドアで遮られてるわけじゃないから。

「ちょっとトイレに行ってくるね」

「え？　あ、うん。だけど……気をつけてね」

玄関の鏡に……ということだろうな。

たしかにあれは、気をつけなければ思わず見てしまうほどの大きさだ。

ついうっかり……それがあるから怖い。

「うん、大丈夫。鏡は見ないようにするから」

「あ、うん。それならいいけど」

少し心配そうな真弥ちゃんを不安にさせないように微笑んで、私は部屋を出た。

静かな廊下、私たちの他には誰もいる気配が感じられない。

平日の夕方だ、両親もまだ仕事に出ているんだろうな。

なんて考えながら、階段をおりた私は、玄関の鏡の前までやってきた。

意識したくなくてもしてしまう、その圧倒的な存在感に、思わず目が向いてしまいそうになる。

……え⁉　ダメダメ、一体何を考えてるんだろ。

見ちゃいけないんだよ？

昨日の夜もそれで殺されそうになったのに、どうして見ようと思ってしまうんだろう。

してはいけないと言われると、無性《むしょう》にしたくなってしまう。

あとは好奇心。

ダメとか以前に、気になったことはしてしまう性格だから我慢しないと。

絶対に見るなと、自分に言い聞かせながら、私は一歩踏み出した。

視界の中に……キリコはいない。

見ないようにしても、嫌でも視界の中に入ってくる鏡の存在感は、恐怖でしかない。

キリコがいないなら今のうちにと、鏡の前を通り過ぎようとした時だった。

鏡の端から、まるで隠れていたかのようにキリコが飛び出してきて、鏡面に張りついて私をにらみつけたのだ。

「……！」

あまりにも近くに現れたキリコに、心臓が止まりそうになる。

声も出せない……出せば気づかれる。

身体の右半分が、鏡の方へと引っぱられるような感覚に陥りながら……それでも私は、なんとかそれを振りほどくようにして鏡の前を通り過ぎた。

……大丈夫、これも二日目だし、来るかもしれないと予想していたから、取り乱すほどじゃない。

奥へと続く廊下に入り、ふうっとため息をついた時……私の背後から、妙な物音が聞こえ始めたのだ。

――バン……。

――バン……バン……。

――バン!!

「ひ、ひいいっ!!」

何かを叩くような音が、私を駆りたてるように背後に迫ってくるようで、振り返りたくなるのを堪えて、逃げるように廊下の奥へと走った。

「はぁ……はぁ……い、今の何⁉　まさかキリコが?」

考えたくはないけど、キリコじゃなかったら、他に音を出すような人は誰もいないから。

ガラスを手で叩くような、そんな音だ。

鏡の内側を叩いて、私をおどろかすように音を出したのかな。

そうだとしたら……その音に気づいたということに気づかれたら、殺されるのかな。

……いや、何かそうじゃないような気がする。

はっきりわかってるわけじゃないけど、もしも私の背後にいたら、私がそれに気づかないはずがないよね。にもかかわらず、私はまだ襲われていないから。

とくに音なんて、耳でもふさいでなければ確実に聞こえてしまうのだから。

「……あー、もう。わかんない。トイレを済ませてはやく戻ろう」

考えようとしても、まだ半分パニック状態で、まともに考えることなんてできないから。

廊下の奥にあるトイレまで歩いて、そのドアを開けると……。

私は、真弥ちゃんが『気をつけて』と言った意味を、そこで理解することができた。

小さな個室の正面に洋式便器があり、私の右側に洗面台がある……。

そう、うちのトイレにはない鏡が、この家には設置されていたのだ。

もう、この時点でわかる。

鏡の中から白い顔がこちらをうかがっているのが。

そしてあの音。


――バチン……バチン……。


再びキリコが、鏡の中で鏡面を叩きはじめたのだ。

や、やめてよ！　こんな場所で！

逃げたいけど、トイレだけは我慢できない。

もうもれそうなのに、ここから出ても他にトイレはない。

トイレに現れるのだけはやめてよ……こんなことなら、家に帰っていればよかったと後悔しながら、私は便器の前に歩を進めた。

パンツをさげて便座に座って用を足す。

その間、鏡を見ないように下を向いていたけど、鏡を叩く音はずっと聞こえている。

もしかしたら、鏡の中から手が伸びて……私の髪をつかむんじゃないかと不安になる。

だけど、そんなことはなくて。

急いで立ちあがり、パンツをあげて水を流した私は、鏡を見ないように手を洗ってトイレを出た。

廊下を抜けて、再び玄関の鏡の前。

私がそこを通り過ぎる速度に合わせて、キリコが鏡の端から同じ速度で現れるのを感じる。

……絶対に見ないんだから。

強くそう思って階段に足をかけた時、あの声がまた聞こえた。

「……私を見て」

バタバタと階段を駆けあがり、部屋に飛びこんだ私を、驚いた様子で見つめる真弥ちゃん。

「な、菜月ちゃん、そんなに慌ててどうしたの？　あ、もしかして……見ちゃったとか？」

声のトーンを落とし、顔をしかめて私を指さす。

でも、私はそうじゃないと、ブンブンと激しく首を横に振った。

「み、見てないよ！　真弥ちゃん、あの音聞こえなかったの⁉　あんな大きな音だったのに！」

まるで私がおかしいことを言っているような、微妙な空気が流れる。

「お、音って何？　あんまり変なこと言わないでよ。自分の家から変な音が聞こえるとか気持ち悪いから！」

あの鏡を叩く音が私にしか聞こえていなかったなんて……。

「ご、ごめん。聞こえなかったらいいんだ」

あれが私にしか聞こえないなら、私が気をつければいいだけなんだけど。

「それよりさ、美奈ちゃん大丈夫かな？　ひとりで何を調べてるんだろ？」

「さ、さあ。怪談の出どころを調べるって言ってたけど……まだ連絡がないね」

スマホを見ても、新しいメッセージは入っていない。

見たついでに、今、私が体験したことを書いて送った。

もうすでに、同じことを体験しているかもしれないと思いはしたけど。

影宮さんから連絡があったのは、夕食の前だった。

《鏡の幽霊が音を立てることには気づいていたわ。これからますます大変なことになるわよ。とりあえず明日、いつもどおりの時間に登校してくれない？　理由は明日話すから》

そんなメッセージが送られてきて、それを読みあげた私は、真弥ちゃんと顔を見あわせた。

「美奈ちゃんは何を調べたんだろうね？　学校に来いってことは、調べ物が終わったのかな？」

「だといいんだけど。でも気になるよね。毎回何かが起こるたびに、『大変なことになる』みたいなことを言ってるけど……これ以上何が起こるの？」

私や真弥ちゃんが感じとれない何かを、影宮さんは感じとっているのだろう。

ひとりで調べると言われて、私たちを見はなしたのかと思ったけど、こうして連絡をくれたから、決して見捨てられたわけではなかったとわかって、安心した。

「んー、まあ、明日になればわかるんじゃない？　でも、美奈ちゃんの言うことって、妙に納得させられちゃうんだよね。どうしたらあんなことを考えられるんだろ？」

わからないけど、私たちとは物の見方が違うんだろうな。

想像力が違うとは感じたけどね。

だけど今はそんなことはどうでもいい。

今日の様子だと、今晩は昨日以上のことが起こりそうな気がするから。

そのあと、仕事から帰ってきた真弥ちゃんのお母さんが、夕食を用意してくれた。

それを食べたあと、私たちは真弥ちゃんの部屋でふたりで寄り添ってテレビを見ていた。

夜になると昨日のことを思い出す。

キリコが本格的に動きだし、どうにかして鏡を見させようとするのだ。

「……はやく寝た方がいいよね。起きてたら、鏡を見ちゃうかもしれないしさ」

「うん。でも私さー、こんなにはやくに寝たことないよ？　眠れるかな……」

時計を見ると、まだ九時半。

小学生の頃でももっと遅くまで起きていたのに、たしかにこの時間は寝るにははやすぎるかな？

「お風呂もまだだしね。菜月ちゃん、先に入ってくる？」

……お風呂かぁ。

できるなら浴室には行きたくないんだけど、それじゃあダメだよね、やっぱり。

自分の家の布団を使うならともかく、人の家の布団を使わせてもらうんだから。

「じゃあ……シャワーだけ。キリコが鏡に映らないことを祈るよ」

あまり乗り気じゃないけど、カバンの中から着替え用の学校指定のジャージを取り出して、私は部屋を出た。

廊下に出た瞬間感じる、冷たい空気。

それが、階段の下の方へと流れているような……それを感じながら、私は一段おりた。

さらりとした、絹の布のような冷気が私の足をなでる。

そんなに長くないこの階段が、永遠に続くほど長く感じる。

もう、この時点で嫌な予感しかしない。

上から下へと流れる冷気が、まるで私を地獄《じごく》へと誘っているかのよう。

「……や、やめてよ。お風呂に入るって時に」

一段一段、冷気に引きずりおろされないようにゆっくりと踏みしめ、私はつぶやいた。

「……『私を見て』か」

さっきも考えていたことだけど、気づいたことに気づかれると殺されるなら、音に反応した時点で気づいたと思われそうなものだけど。

もしかすると……キリコと目を合わせなければ殺されないんじゃないのかな。今までに殺された咲良や前田くんは、キリコと目が合ったから殺されたんだとしたら。

だからキリコは『私を見て』って言ったんだとしたら。

確信は持てないけど、まだ私が殺されていないことを考えると、そんな気がする。

不安を感じながら、ゆっくりとおりた階段。

玄関に到着した私を出迎えるように、鏡の中のキリコがニタリと笑みを浮かべて立っている……ように見えた。

大丈夫……何をされても、目を合わせなきゃいいんでしょ?

それなら大丈夫なはず……。

怖い……昨日からのことを考えると、強い気持ちで立ち向かおうなんてとても思えない。

私はそっとうつむくと、鏡がある側の右目を閉じて一歩踏みだした。

ジャージを持つ手がふるえる。

足が、ふわふわとした床を踏んでいるかのように安定しない。

気を抜けば、転んでしまいそうだ。

胸が苦しい……呼吸をするのもままならないまま、さらに一歩踏みだした時、足に感じるさらなる冷気。

なにこれ……。

いや、これは感じたことがある。

昨日の夜、脱衣所から出ようとした時に同じものを。

ここに……キリコがいる。

ゆっくりと移動すると、そこにいるであろうキリコの身体に包みこまれるような錯覚を覚える。

今までとは比較にならない冷気に襲われて……皮膚が凍りつきそう。

見なければ大丈夫。

ギュッと両目を閉じ、さらに一歩踏みだして、冷気の塊を抜ける。

顔も抜けて、息苦しさもその中に置いてきたような解放感。

「ぷはっ……もう！　私に付きまとわないでよ！　他にもアンタを見た人はいるでしょ！」

やっぱり、私は勘違いをしていたのかもしれない。

キリコと目を合わせなければ大丈夫だと。

何も知らないのに、そうだと思いこんで。

振りほどくように冷気を抜け、鏡には目も向けずに、廊下の途中にあるお風呂場へ向かおうと歩きだした時。

まだ、手首に冷気がまとわりついていることに、私は気づいた。

何……？

キリコがいるはずの場所は抜けたのに、手首がまだ冷たい。

腕を動かそうとしても、ピクリとも動かない。

嘘でしょ……何で腕が動かないの⁉

昨日は動けないなんてなかったのに！

必死にこの場から離れようと、腕に力を入れたその時。


「……どうして見てくれないの？　私を見て！　私を見てよおおおおお‼」


耳もとで聞こえたその声に、総毛立《そうけだ》つ感覚に襲われて。

「いやあああああああああっ‼」

私は、喉が裂けるかと思うような悲鳴をあげた。

「な、何⁉　どうしたの⁉」

その声に驚いたのか、目の前の襖《ふすま》が開き、真弥ちゃんのお母さんが慌てた様子で廊下に出てきた。

瞬間、フッと消えた手首の冷気。

キリコがつかんでいた感覚がなくなり、解放されたのだということがわかった。

「い、今の声なに⁉　菜月ちゃん⁉」

二階の部屋から飛び出して、階段を駆けおりてくる真弥ちゃん。

「どうしたの？　何かあったの？」

真弥ちゃんのお母さんが、私の前に屈んで心配そうにたずねる。

「す、すみません。鏡に映った自分に驚いちゃって……」

私に駆け寄ろうとする真弥ちゃんに、「来ちゃダメ」と、首を横に振って合図を送った。

それに気づいて、鏡の手前で足を止める。

「あら、玄関の明かりが点いてなかったのね。ごめんなさい、暗かったら怖いわよね」

そう言って立ちあがると、玄関の電気をつけてくれた。

迷惑をかけたのは私なのに、優しく気遣ってくれるなんて。

「騒いでごめんなさい。気をつけます」

キリコを見ていないおばさんに、何を説明してもわからないだろう。

学校で見た幽霊が、この家に付いてきているなんて、信じてくれるはずがない。

「真弥ちゃん、あとで話すね」

こんな状態でお風呂なんて入りたくはないけど……今の出来事で、身体中にじっとりとした汗をかいている。

これではますます、友達の家の布団で寝ることはできないから。

「菜月ちゃん、すぐにあがってきなよ？」

不安そうにつぶやいた真弥ちゃんに微笑み、私はお風呂場へと向かった。

脱衣所に入り、電気をつけて私はホッと胸をなでおろした。

この家の洗面台は、入り口のドアと垂直に置かれていて、正面に行かなければ鏡に映ることはない。

浴室のドアも、脱衣所に入ってすぐ左側にあるし。

トイレと玄関は危険だけど、浴室の構造は安全そうで安心した。

「お風呂場が安心できるのはいいな。うちなんてドアを開けたら正面に鏡があるからさ……」

しっとりと肌にまとわりつくブラウスを脱ぎ、裸《はだか》になって浴室に入る。

鏡は……と、浴室内を確認すると、私の右側。ドアと同じ面に付けられた鏡が目に入った。

シャワーも蛇口も、鏡の手前にあって、注意すれば映らなくて済むのだ。

とはいえ、気を抜くことはできないな。

蛇口をひねり、シャワーからお湯を出した私は、それを頭から浴びて汗を流した。

「明日になったらもっと大変なことになる……か。もう今でも十分大変だよ」

はやく終わってくれないかな。

あと八日か、八人か……もしも八人だとしたら、はやく誰か八人犠牲にならないか
などさえ思ってしまう。

私は死にたくない。

だったら他の誰かが……と。

……私は、何を考えているんだろう。

他の誰かが？

一体誰が犠牲になればいいと思ってるの？

死んでほしいと思うような人なんて、私にはいない。

伊達くんのような、自分勝手な理由で人を犠牲にしようとも思わない。

できれば、これ以上誰も死ぬことなく、この騒動が終わればいいのに。

シャンプーを済ませ、ボディソープを手に取り、塗《ぬ》りつけるように身体を洗う。

これを洗い流したらあがろう。

腕から胴、足と洗って、シャワーを浴びたその時。

——カチャ……。

浴室のドアがゆっくりと開き、その隙間から、こちらをうかがうような目が見えたのだ。

「ひ、ひっ！」

身体がビクンッとふるえ、思わずあとずさりをする。

だけど……。

「菜月ちゃん、大丈夫？」

この声は……真弥ちゃん？

私を心配して、見にきてくれたのかな。

「も、もう！　驚かさないでよ！　ビックリして心臓止まるかと思っちゃったよ！」

あわてて真弥ちゃんに背中を向けて、前を隠す。

「ごめんごめん。実は、私がお風呂に入ってる間、外で待っててくれないかなー……と思ってさ。やっぱり何かあったら怖いし」

そう言うことか。

たしかに、ひとりでいるよりドア越しでも誰かいてくれた方が安心できるからね。

ホッとしたような笑顔を見せて、ドアを閉めた真弥ちゃん。

キリコがいたのかと思ってビックリしたけど、鏡の中でもないのに、そこにいるはずがないよね。

お風呂場は怖いけど、うちとは違って、鏡が正面にないからまだ大丈夫だ。

それに、外には真弥ちゃんが待ってくれているから。

汗も流したし、もうあがろうと蛇口に手を伸ばした。

うしろにある鏡に……キリコがいるかと思ったけど、それもなくて。

怖い怖いと思っていたら、なんでもないものも怖く感じるヤツかな。

とくに鏡なんて……キリコがいなくても不気味な感じがするのに。

じっと見ていたら、私と違う動きをしそうで。

蛇口をひねり、シャワーのお湯が止まったのを確認して、浴室から出ようとドアノブに手を伸ばすと……。

——カチャ……。

半開きだったのか、弱々しくドアが開いた。

一瞬身構えたけど、さっきの真弥ちゃんの例もある。

しっかりドアを閉めて行った記憶もないし……と、ドアノブに手をかけた時。


「どうして……」


背後から聞こえたその声で、守ってくれるものが何もない私の全身を、奇妙な物がなでまわす感覚に包まれた。

空気が……変わる。

濡れた床が、ピキピキと音を立てて凍りつくような気さえする。

真冬かと思うほどの冷気が足もとに漂い……背後に、キリコがいるということがわかる。

少しでも気を抜くと、容赦《ようしゃ》なくその隙間に入ってくるようなキリコ。

「どうして……私を見てくれないの⁉」

「ひいっ！」

今日はまだ、キリコと目を合わせていない。

それに、今は鏡にも映っていないというのに、殺されてしまうかもしれないという恐怖に駆られて、私は脱衣所に飛び出した。

「はぁ……はぁ……鏡に映ってないのに……いい加減にしてよ」

それでも、さっきの玄関の時とは違って、身体をつかまれるようなことはなかった。

声を出して恐怖心をあおるだけで、直接的には何もしてこない。

でも、それが怖い。

その恐怖心を振り払うように、洗面台の横に置かれていたバスタオルを手に取り、乱雑に頭と身体をふいて、服を着て廊下に飛び出した。

「あ、菜月ちゃんあがったんだね……って、髪濡れてるじゃん。しっかりふかないと」

そんな私に、外にいた真弥ちゃんが声をかけるけど、髪を乾かすとか、それどころじゃなかった。

私と入れ替わりで真弥ちゃんがお風呂に入る。

——パシャパシャパシャ……。

廊下でも、浴室のシャワーのお湯が、真弥ちゃんの身体に当たって弾ける音が聞こえる。

私は床に腰をおろし、頭にタオルを乗せて、真弥ちゃんが出てくるのを待っていた。

いろいろと考えることはある。

キリコの行動は、よりいっそう強引さを増して、私に無理やりにでも鏡を見せようとしている。

しかも、さっきのように鏡に映っていない時も、こちらに恐怖を与えてくる。これをどう防いで、明日を迎えればいいのか。

昨日とはあきらかに違う強引さに、私は頭を悩ませた。

影宮さんや樹森くんはどうしているんだろう。

キリコに襲われてたりしていないかな。

「怪談の出どころか……影宮さんはああ言ったけど、それがわかったとしても、何ができるんだろ」

幽霊が相手なら、除霊とかそんな感じ？

私には無理だけど、影宮さんならなんとかできそうな雰囲気があるから不思議だ。

黒魔術《くろまじゅつ》とかそっちの方のイメージだけど。

冷たい廊下……玄関の方からキリコが歩いてきそうな気がする。

じっと見ていると、冷気の塊が人型を成しそうで……。

「菜月ちゃん、いる？」

「うん、いるよ。大丈夫」

身構えているとやって来ない。

廊下で待っている間は、真弥ちゃんとその言葉を交わしただけで、とくに何も起こらなかった。

真弥ちゃんがお風呂からあがって、脱衣所から出てきた。

「お待たせ。菜月ちゃんがいてくれたおかげで、怖くなかったよ」

「よ、よかったね」

私はすごく怖い思いをしたけどね。

まあ、真弥ちゃんが何もなかったと言うのなら、もうここにはキリコはいないのかもしれないな。

どこか別の場所に……影宮さんの所か、樹森くんの所か、それとも他のクラスメイトの所かはわからないけど。

「じゃあ、部屋に戻ろうか。お母さんが布団を敷いてくれてると思うからさ」

廊下を抜けて玄関、鏡が気になるけど、絶対に見ないように通り抜ける。

鏡に、不気味な気配は感じない。

階段を上っている途中、電気がパチパチと点滅を繰り返して、少しだけ怖く思う。

自分の家じゃない……人の家の階段が薄暗いととくに。

それでも、何事もなく真弥ちゃんの部屋に入り、ベッドの隣に敷かれている布団を見てホッとした。

テーブルは部屋の端によけられていて、鏡は伏せられたまま。

その安心感が、部屋の中をゆっくりと見まわす余裕を持たせてくれた。

その中で一つ、壁にかけられた楕円形《だえんけい》の小物。

「あ、真弥ちゃんこれきれいだね」

不思議な魅力のあるその小物に近づいてみると、目を閉じた女性の横顔が描かれている。

だけど……。

「え⁉　なんで⁉　その鏡ひっくり返したのに‼」

真弥ちゃんがそう言った時、そこに描かれていた女性が目を開け、私を見て笑ったのだ。

小物だと思っていた鏡の中で赤い目が、白い顔が、私を見てニタリと笑う。

その瞬間感じる強烈な悪寒。

嘘でしょ！

まさか、この部屋で待ち構えていたなんて！

あわててキリコから目をそらした瞬間、鏡の中のキリコが振り返ってガラス片を構える。

完全に私に狙いを定めたそれは、次に私が鏡に映る時を待ちかまえているようだ。

「な、なんで……もしかしてお母さんが？」

おびえた様子で、ブツブツとつぶやいているけど、今はそれどころじゃない。

「ま、真弥ちゃん、まだ見てないなら鏡をひっくり返してくれない？」

鏡に映らないように屈んで、真弥ちゃんに頼んだ。

固定されてる鏡じゃないなら、ひっくり返してしまえば安全だと思うから。

ひとりでいるわけじゃない。

ふたりでいるなら、どちらかが見てしまっても、もう片方が助ければ……。

そう……思っていたのに。

予想していなかった出来事にとまどったのか、フラフラと目が泳いでいたのだ。

「ま、真弥ちゃん！」

私のその言葉で、ハッと我に返った真弥ちゃんが私を見る。

「う、うん！」

そして、鏡を見ないように近づいた真弥ちゃんの手が伸びる。

パタン。

鏡がひっくり返り、なんとかこの場を切りぬけることができた。

ひとりでは、どうにもならなかったこの状況。

どうにか切りぬけることができたけど、私と真弥ちゃんの心に不安を残していた。

ひっくり返してあった鏡が、元に戻っていたこと。

いないと思ったキリコが、部屋の鏡で待ち構えていたこと。

そして、気になることが一つ……。

「真弥ちゃん、起きてる？」

私が鏡の中のキリコと目を合わせてしまったので、これ以上鏡を見ないようにもう寝てしまおうと、布団の中に入っていた。

「うん……どうしたの？」

ゴソゴソという音が聞こえたあと、真弥ちゃんの声。

寝かかっていたのか、声がトロンとしている。

こんな時に言ってもどうかと思うけど、キリコに命を狙われている私は、ドキドキして眠れない。

「鏡の中のキリコはさ……どうして私たちを殺そうとするんだろう。『私を見て』って言ってるけどさ」

「う……ん」

聞いているのか聞いていないのか……半分寝ているような返事。

なんだか独り言を言っているようで虚《むな》しいな。

「でね、さっき気づいたんだけど……もしかすると、キリコから目をそらさずにいたら何か変わるのかな……」

さっき、私がキリコから目をそらした瞬間、ガラス片を取り出したような気がするから。

話している間に、真弥ちゃんの寝息が聞こえてきて、いよいよひとりに。

……起きていても仕方ないから寝よう。

そう思い、頭までかぶろうと布団を引っぱった。

すると……。

――ギギ……。

――ギギギギ……。

鼓膜を、頭の中をかき乱すような不快な音。

どこから聞こえるか……部屋の中の至る所から聞こえているようで、布団から手を放して耳をふさぐ。

よりによって、真弥ちゃんが寝たあとにこんな音が聞こえるなんて。

――ギギギ……。

――ギギギ……。

耳をふさいでいても聞こえる音。

まるでガラスを引っかいているかのような……。

そう思った瞬間、私は壁にかけられていた鏡に目を向けた。

――ギギギ……。

――ギギギ……。

音がするたび、裏返った鏡が細かくふるえる。

そうじゃないかと予想はしていたけど、本当にその鏡だとは。

キリコが鏡の中で、鏡面を引っかいているのだ。

やめて……やめて！

ただでさえ不快な音なのに、そこに鏡がふるえるという視覚の怖さまで。

――ギギギギ……。

――ギギギギ……。

音が鳴るたび、弾かれるように鏡が踊る。

「ちょっと……う、嘘でしょ⁉」

鏡が小刻みなふるえから、暴れるような激しい動きに変わったのを見て、私は飛び起きた。

暗い部屋で、まるで生きているかのように動く鏡に恐怖して。

ゆっくりと後退して、背中がテーブルに付いた。

逃げ道は廊下しかないけど……階段をおりたらすぐに大きな鏡がある。

どうするべきか考えている間に、さらに鏡の動きが激しくなる。

壁のフックにかかっている紐《ひも》が、暴れる鏡に耐えきれずに、そこから外れてしまいそうだ。

「あ、ダ、ダメ！」

落下する途中で鏡面が私の方を向いたら、その一瞬でガラス片を突き立てられるんじゃないかと。

鏡を押さえつけようと、立ちあがろうとしたけど……ガラスを引っかく音が頭の中に響いて、耳から手を放せない。

「ま、真弥ちゃん！　真弥ちゃん起きて!!」

いくら叫んでも、一向に起きない真弥ちゃんに苛立ち、大声を出したけど……それでもまだ起きない。

「私を見て！　私を見てえ！　私をををを！　見てええええええええええええ!!」

キリコの声とともに、鏡を引っかく音がより一層激しくなる。

鏡は大暴れして、今にも落下してしまいそう。

「真弥ちゃん！　お願い、助けて！」

祈るようにして叫んだ私の声で……ようやく真弥ちゃんが動いた。

こちらに背中を向けていた身体を仰向けにして、顔だけこちらに向ける。

「ごめん、菜月ちゃん……私、動けない」

かすかに聞こえた声に、耳から手を放してみるとそんな弱音を吐く真弥ちゃん。

「な、何言ってるの⁉　お願いだから助けて！」

ギリギリと、ますます激しくなる音に再び耳をふさぐ。

そして……。

壁の鏡が、突然動きを止めたのだ。

……い、いなくなった？

鏡の中のキリコは、いつ、どこに現れるかわからない。

だから、どのタイミングでいなくなるのかもわからないから。

そっと耳から手を放して、ホッと胸をなでおろした。

「……ごめんね、菜月ちゃん。私、動けなくて」

「どうしたの？　もしキリコを見ちゃったら、逃げないと殺されちゃうよ」

そう言って、ベッドに手を置くと……。

──グジュ……。
手が何かで濡れて、思わず手を見る。
暗くてわからないけど……あわてて布団をまくった私は……。
「だって私、もう死んでるから」
布団の中でお腹を裂かれて、内臓がこぼれ落ちている真弥ちゃん姿を見てしまった。
な、なんで真弥ちゃんが……。
鏡の中のキリコと目を合わせていないはずなのに。
いや……もしかすると鏡をひっくり返した時に目が合ってしまったのかもしれない。
そもそも、目を合わさなければ襲われないという保証もない。
恐怖を振り払うように飛びのいた私の背中に、テーブルが当たる。
「だから私は動けないの。菜月ちゃん、ごめんね」
顔が……笑っている。
暗闇の中で、不気味に微笑むその顔に恐怖を覚えたその時。

「お願い……私を見て」

私の背後から聞こえた声に驚き、あわてて振り返るとそこには……。伏せられていたテーブルの鏡が私の方を向いていて、そこにキリコの顔が映っていたのだ。

「ひっ……」

小さな悲鳴を上げた瞬間、鏡の中のから白い手が伸びて、私の首をつかんだ。なんとか振りほどこうとするけれど、力が強くて離れない。

「かはっ……」

喉を押さえつけられて声が出ない。

「大丈夫だよ、痛くないから。気づいたら……死んでるから」

さらに私の背後から聞こえた声。

ゆっくりと視界の右側から白い顔が侵食してくる。

声は真弥ちゃんなのに……現れたのはキリコ。

「私を見てよ」

ぎょろりとした赤い目が私を見て……。

その手に持っていたガラス片が、私の額に突きささったのだ。

何が起こったのかわからないまま私は、黒い闇に落ちていった。

軽い命

「……ちゃん。菜月ちゃん！　起きて！」

ゆさゆさと身体を揺すられる感覚と、大きな声で、私は目を覚ました。

死んで……ない。

と、なると、あれは夢だったんだ。

あわててガラス片を刺された額に手を当ててるけど、なんともなっていない。

ため息をついて、ゆっくりと身体を起こすと……私はブラウスを着たまま。

「え？　なんで制服を……」

一体いつから寝ていたのか。

一番可能性があったのが、お風呂をあがって、布団に入った時だと思ったんだけど……。

この様子だと、お風呂に入る前に寝ていたのだろう。

「ぐっすり寝てたねー。十時間くらい寝た？」

真弥ちゃんの言葉で時計を見ると、朝の七時。

準備をして学校に行くことを考えるといい時間だ。

「真弥ちゃん、夜にキリコに襲われなかった？　大丈夫？」

「うん、なんとかね。鏡を見ないようにしたし。また変な夢は見たけどね……」

私も、夢は見た。

だけどそれは昨日とは違って、鏡に数字が書かれているものではなかった。

「……学校、行くの？　行っても授業はないけど。どうする？」

「影宮さんが来てると思うから。何かをつかんだかもしれないからね」

朝なら大丈夫。

そう思って一度家に帰った私は、歯磨きと着替えを済ませて学校に向かった。

昨日もそうだったけど、私の予想どおりキリコは現れなくて、おびえることなく準備を済ませることができた。

いつもなら登校中の生徒が多い、この通学路。

臨時休校ということで、ほとんど人通りはない。

とはいえ、完全にゼロというわけではないのだけど。

ひとりで学校に向かう間、いろんなことを考える。

昨日は影宮さんと一緒に、鏡から隠れながら登校したけど、その必要がないとわかると気が楽だ。

鏡の中のキリコ……私にはわからないことばかりで、恐怖することしかできない幽霊。

どうすれば身を守れるのかわからないキリコを、影宮さんはどうにかしようとしている。

そのための調べ物だろうけど、何か手がかりはつかめたのかな？

真弥ちゃんは先に学校に行っているはずだけど、他のみんなは来るかな。

とくに京介だよ。

キリコを見たわけでもないし、学校が休みになったなら、喜んで休みそうな気がするけど。

「なーにブツブツ言いながら歩いてんだよ。ちょっと気持ち悪いぞ」

そんなことを考えていたら、ポンッと頭を軽く叩かれて、京介が現れた。

「あ、京介。来たんだ……」

京介が手を置いた場所をさすり、目を向ける。

てっきり来ないものと思ってたのに。

「バーカ。お前があぶない目に遭ってんのに、休んでなんていられるかよ」

「京介……クサいよ、そのセリフ。カッコいいとか思ってる？」

「う、うるせえな！」

なんて……ちょっと意地悪してみたけど、言ってくれたことはたぶん本心。

何かあるたび、こうして心配してくれて。

でも、素直になれないから、そうやって格好つけるんだよね。

「でよ、例の幽霊どうなったんだよ。俺も一回見たいと思って鏡を見てたんだけどな。幽霊なんて見えやしねえよ」

そんなことをしてたんだ。

もしも本当に見たらどうするつもりだったのよ。

「学校の怪談だからね。京介が見てたのって、家の鏡なんじゃないの？」

「まあそうなんだけどよ。あーあ、幽霊が見えたら、菜月を守るために堂々と家に呼べるのに」

フフッと笑いながら、もう一度私の頭に手を置く。

なーに言ってんだか。

そんなことがなくても呼べばいいのに、意地張ってるんだから。

私にしてみたら、京介が幽霊を見るよりも先に、幽霊をどうにかしたいという思いの方が強かった。

久し振りに京介とふたりで登校した。

いつもは他の生徒が多くいて、ふたりきりってことはないから新鮮だった。

学校に到着した。

いつもならざわついている生徒玄関も、今日は水を打ったような静けさ。

全校生徒のうちどれくらいの生徒が来ているのだろうか。

「……なんか気味が悪いよな。この時間に静かな生徒玄関なんてよ」

「まあ、立て続けに生徒が死んだんだから仕方ないよね。今なんて、私たちしかいないしさ」

この静けさ……影宮さんは、今日は大変なことになるって言ってたけど、今のところ何かが起こりそうな気配はなさそうだ。

そもそもの来ている生徒数が少ないと思うし、影宮さんは何を心配していたんだろう。

靴を履き替えて、昨日と同じ自習室に向かう。

とりあえず荷物を置いて、みんなが来るのを待とう。

自習室に近い階段は、踊り場に鏡がある。

何もわかっていなかった昨日は、鏡に映ったら殺されると思って避けたけど、今日は……大丈夫かな。

それでも、階段に差しかかると心臓がドクンと音を立てる。

踊り場にある鏡が怖くて……うつむいた。

「ほら、行くぞ」

そんな私の手を取り、京介が引っぱって階段を上りはじめた。

手をつなぐなんて、いつ以来だろう。

少し照れくさいけど、悪い気はしない。とくに、こうして怖い時だと安心する。

一段一段踏み締めて、いよいよ踊り場、鏡の前。

身構えたのが手から伝わったのか、京介がギュッと握ってくれて……大丈夫だとわかっていても、恐怖していた私の心を、優しく包んでくれるよう。

「心配すんなよ。菜月を死なせやしねえ。俺のそばにいろ」

本当にクサいセリフ。

言ってて恥ずかしくないのかな?

だけど……。

「うん」

その言葉はとても心地がよくて、私も手を握り返した。

付き合いはじめた頃の、いつも笑ってた時を思い出す。

時間が経つにつれて、そばにいるのが当たり前になって、好きだという気持ちが薄れていたけど、こうしていると、京介の気持ちは変わっていないとわかる。

なんだか悪いなと思いながら、踊り場を通り過ぎて二階へとあがった。

階段の隣にある自習室。

一体どれだけの生徒が集まっているんだろうと思いながら、ふたりでそこに向かって歩く。

そして、自習室のドアの前に差しかかった時、少しだけ見えた自習室の中の光景に、私は驚いた。

そこには、うちのクラスの生徒が約半数……おたがいを警戒するような目を向けて集まっていたのだ。

「なんだよ……いつもと変わらねえじゃねえか」

私の手を放し、自習室に入った京介。

いつもと変わらない？

……そうじゃない。

自習室なのだから当然かもしれないけど、みんな誰とも話していない。

ここにいる生徒のほとんどが、昨日、伊達くんによってキリコを見させられた人たちだ。

昨夜、キリコに殺されそうになったのか、夢の中で殺されてテンションが下がっているのか、みんな一様に黙りこんでいる。

どっちにしても、私には教室の雰囲気が、重く殺伐《さつばつ》としているように感じられた。

教室の中の真弥ちゃんは、そんな空気に飲まれておびえているように見える。

「真弥ちゃん、真弥ちゃん」

教室の外から手招きをして、真弥ちゃんを呼ぶ。

私に気づいて、逃げるように教室から出てきた。

「菜月ちゃん、遅いよ……なんなのこれ。みんな、いつもと違う」

「うん。影宮さんが言ってたのって、このことなのかな」

だけど、まだ何かが起こる前。

そんな気がする。

沈黙した教室の中の空気が、何かの拍子で壊れてしまえば、みんな一気に動きだしそう。

それが、どんな風に動くのかはわからないけれど、取り返しのつかないことが起こりそうで。

自習室の前の廊下で影宮さんを待つしかなかった。

影宮さんが登校してきたのは、それから五分後のことだった。

「……あらあら、ずいぶんヤバイ雰囲気になってるわね。ツンと突けば崩れてしまいそうな感じかしら？」

自習室の中をのぞいた影宮さんが、クスクスと笑い声をこぼした。

「なんかみんな、ピリピリしてるよねー。息が詰まりそうだったよ」

「……息が止まらなくて何よりだったわ。それよりふたりは鏡を持ってるかしら？」

真弥ちゃんにそう答えたあと、カバンから二枚の折りたたみ式の鏡を取り出した。

それを見て、ビクッと反応する私と真弥ちゃん。

「な、なんで鏡を……まさか美奈ちゃん、私たちを……」

この状況で、鏡を取り出すなんて何を考えているのだろう。

「ふたりとも、勘違いしないで。これはあなたたちを守る鏡。命を奪う鏡とは違うわ」

ますますわけがわからない。

同じ鏡なのに、命を守るとか奪うとか、用途が違うの？

影宮さんに一枚ずつ鏡を手渡され、私はフタのしまったそれを眺めて首をかしげた。

「身の危険を感じたら、それを使って相手に幽霊を見せればいいわ。それよりも、昨日調べたことでおもしろいことがわかったの。一緒に……」

と、そこまで言って、影宮さんが階段の方に歩いていこうとした時。

登校して来た伊達くんが……私たちの前に立ちはだかったのだ。私たちは驚いてつい顔を見合わせてしまう。

「……なんだい？　僕がここにいたらいけないような顔で。そこをどいてくれないかな？」

よくもまあそんなことを……。

伊達くんの好奇心のせいで、クラスメイトの何人がキリコを見ることになったか。

前田くんなんて死んでしまったというのに。

「桐山さん、真弥ちゃん、こんな人間に構わないで行きましょう。私たちが被害に遭う前に」

影宮さんに言われ、道を空けた私たち。

フンッと鼻で笑い、自習室の中に入って行った伊達くん。

……と、同時に、何かが爆発でもしたのかと思うようなクラスメイトたちの怒鳴り声があたりに響いたのだ。

「テメェ！　伊達コラァ‼　何してくれてんだ！」

「アンタのせいで家でも幽霊に襲われたんだよ！　どうしてくれるのよ！」

「責任取って死ねやコラ‼」

空気が張り詰めていたのは……殺伐としていたのは、溜めこんだ怒りを伊達くんに爆発させるためだったのか。

罵声《ばせい》は全然収まらない。

それどころか、ますます悪化していって……。

その光景を見た伊達くんの口もとが、笑っているように見えた。

「何笑ってんだコラァ！　ぶっ殺すぞ！」

クラスメイトのひとり、成瀬《なるせ》くんが声をあげ、拳を振りあげて伊達くんに迫る。

しかし、伊達くんはまったく焦りもせずに、カバンの中から鏡を取り出して成瀬くんに向けたのだ。

「⁉」

昨日、一日かけて刷りこまれたキリコの恐怖を感じたのか、成瀬くんは鏡から目をそらす。

そして、その隙を伊達くんは見逃さなかった。

顔を背けている成瀬くんのお腹に、容赦ない前蹴りが飛ぶ。

「ぐっ！　テ、テメェ‼」

「ムカつくか？　だったらかかって来なよ。鏡を見ることができるならな」

わかりやすい伊達くんの挑発に、成瀬くんが目を閉じて拳を振りまわし始めた。

「クソッ！　ふざけんじゃねえぞコラァッ！　堂々と戦え！」

「ごめんだね。どうして僕がお前みたいなバカと殴りあわなきゃならないんだ」

成瀬くんから逃げるように後退して、さらにカバンの中から何かを取り出す伊達くん。

それは……ボールペン？

「バカはテメェだ！　声でどこにいるかわかるぜ‼」

そう言い、グッと拳を握り締めた成瀬くんが、伊達くんに向かって拳を振り抜く。

だけど……。

「ぎゃあああああっ!!」

悲鳴をあげたのは、成瀬くんの方だった。

振り抜いた拳に合わせるように、伊達くんがボールペンを突きつけて。

成瀬くんの右手に、ボールペンが突き刺さっていたのだ。

「ひっ！　痛いっ！」

真弥ちゃんが、自分の右手を押さえて顔をしかめる。

ボールペンが刺さった右手を振り、あたりに血を撒《ま》きちらしながら、成瀬くんが苦悶の表情を浮かべてその場にうずくまった。

それを見て、自習室の生徒たちが悲鳴をあげる。

だけど、伊達くんは止まらない。

「人を傷つけるヤツは、人に傷つけられた痛みを知らない。ほら、強がってみなよ。いつもみたいに、樹森くんをいたぶっている時みたいに強気でいなよ。それもできないのに、調子に乗って強がるんじゃない」

成瀬くんの耳もとでそうつぶやき、伊達くんはそっと顔の前に鏡を置いた。

手にボールペンが刺さったことで、パニックになっている成瀬くんは、顔を背けることもできずに。

「あ、ああああ！　あああああああああああああっ!!」

その鏡に、キリコが映りこんだのだろう。

そして、成瀬くんは見てしまった。

うずくまっていた成瀬くんの背中に、何かが侵入したように傷が付いて……。

そこから、血が噴きだしたのだ。

それも、一箇所じゃない。

次々と傷が増えて、成瀬くんが動かなくなるまでに、文字どおり蜂《はち》の巣《す》かと思うほどの穴が空いたのだ。

「な、何が起こったの……なんで血まみれで……」

反応したのはよそのクラスの生徒だけ。

二日続けての凶行に、私のクラスメイトたちは、信じられないといった様子で成瀬くんを見ている。

「みんな、何をボサッとしてるんだい？　キミたちはあの夢を見なかったのか？　成瀬が死んだからあと七人……いや、あと六人みたいだね」

ニヤリと笑って、教室の奥に目を向けた伊達くん。

その視線の先にあったのは……。

「き、樹森くん？」

いや……そっちじゃない。

樹森くんの横に立っている、クラスメイトの岡田くん。

その顔に、頭の頂点から赤い筋が入り……それが首まで到達した時、まるでスイカがまっぷたつになるように、岡田くんの頭部が割れたのだ。

ガクリと膝から崩れ落ち、頭部が床に叩きつけられると、脳があらわになり、伊達くん以外のその場にいた誰もが戦慄《せんりつ》した。

「それでいい。いつもキミをいじめていた岡田くんを殺した樹森くんは、実に人間らしいよ」

「は……はは……。僕をいじめるからこうなるんだ！　今まで僕をいじめていたヤツは……死ねばいい！」

岡田くんの遺体を踏みつけ、満面の笑みを浮かべた樹森くんは……昨日までの彼とは違っていた。

「キモタク！　テメェは何してんのかわかってんのか⁉　殺す……」

岡田くんと仲のよかった、不良グループの橋本くんが声をあげた。

だけど、樹森くんが手にしていた鏡を橋本くんに向けた瞬間、その声が止まる。

「ま、まだわからないのか！　僕はもういじめられる立場じゃない！　お前らがやったように、僕がお前らに恨みを晴らす番だ！」

おとなしくて、昨日は私たちと一緒にいた樹森くんは……伊達くんの凶行を見て、日頃の恨みを晴らそうと決意したのかもしれない。

「お、おい……マジかよコイツら！　ふざけんなよ！　殺されてたまるか‼」

「は、はやく誰か死んでよ！　私は死にたくない！」

とんでもない光景を目の当たりにした生徒たちが、我先にと廊下に飛び出していく。

押しあって、はやく出ろという声が飛び交う混乱状態。

「まずいわね。はやくここから離れましょ。この先は地獄よ」

こうなることを、影宮さんは予想していたというの？

昨日からの口ぶりだと、間違いなく予想していたよね。

「ど、どこに行くの？　こんな状態で、どうすればいいの⁉」

「真弥ちゃん、まだわからない？　あと六人死ぬってあおられたのよ？　自分が殺される前に、はやく六人殺そうと考える人が出てきてもおかしくないでしょ」

実際に、そう言っていた人もいた。

影宮さんが言う地獄が始まったことは、私にも理解できた。

どこに向かうのかさえわからないまま、私たちは影宮さんのあとについて走った。

「図書室に逃げるわよ。他の生徒もいるだろうけど、隠れるにはちょうどいいわ」

「ね、ねえ！　美奈ちゃん！　どうして学校から出ないの⁉　このまま学校にいたら殺されるかもしれないんだよ⁉」

近くの階段を避けて、奥にある階段に向かって長い廊下を走りながら、真弥ちゃんがたずねた。

たしかに、殺されないようにするなら、学校から出てしまうのが一番だ。

そんなことはきっと、影宮さんにはわかっているのだろう。

「学校から出たら、せっかくつかんだ情報が、なんの役にも立たなくなるわ。怪談の真実に迫れるなんて……わくわくしない？」

私は、わくわくしなくていいから死にたくない。

夢の中でキリコに殺されるだけでも怖いのに、現実で同級生に命を狙われるなんて考えたくない。

「それにしてもキモタククんがあんなことをするなんてね。よほど恨みがあったのかしら？　それともあれが彼の本性だったとか？」

樹森くんはオタクで、みんなによくイジられていた。

時にやりすぎとも思えることもあったし、いじめと取られても仕方がないと思える行為があったけど……。

それが、樹森くんの中に深い闇を作ったのだろうか。

鏡のない階段。

そこからおりると図書室は近い。

その階段に差しかかった時、こちらに向かって走ってくるような足音が聞こえた。

「お前ら！　道をふさいでんじゃねえよ!!　邪魔だどけ！」

その声に驚き、振り返って見るとひと組の男女の姿。

物すごい形相《ぎょうそう》で、必死に逃げてきたということがわかる。

そんなふたりが接近してくると、ドンッ！と、私たちを突き飛ばし、悪びれることもなく階段を駆けおりていったのだ。

私と真弥ちゃんは床に倒れ、走り去るふたりに文句を言うこともできなかった。

「いったぁ……なんなのよもう！　突き飛ばさなくてもいいじゃない！」

「……須藤くん。と、皆川理沙《りさ》」

そのふたりを見て、ボソッとつぶやいた真弥ちゃん。

あ、昨日話してた……って、あれ？

あの時は夢だったのか現実だったのか、どっちだったかな。

あやふやだけど、真弥ちゃんの顔が暗く、沈んでるから、怒っているのは間違いないのだろう。

「おいおい、大丈夫かよお前ら。須藤の野郎……次になにかしやがったら、絶対にぶっ飛ばしてやる！」

遅れて、自習室から追いかけてきたであろう京介が、私たちに駆けよってきた。

『ぶっ飛ばす』なんて言ってるけど、京介がそんなことをしないのを私は知ってる。

ちょっと不良っぽく見せるために、口が悪い風だったり、態度を悪く見せてるけど、中学生の頃から今まで、暴力で物事を解決しようとしたことは一度もないということも。

そんな京介に引き起こされて、真弥ちゃんに手を差し出す。

「うん……ありがと」

いつも明るい真弥ちゃんの、声のトーンが低い。

「さあ、はやく行きましょ。こうしている間にも、何人がうっかり鏡を見るかわからないわ」

影宮さんのあとに付いて階段をおりると、校舎の別棟に移るための渡り廊下がある。

その途中にある図書室に私たちは駆けこんだ。

「ここはまだ安全なようね。人は思ったより少ないけど」

自習室の異常な光景を見てしまったからか、静かに勉強をしている生徒がいる景色を見て安心する。

「とりあえず座りましょうか。話すのはそれからよ」

昨日、影宮さんは何をどこまで調べることができたのか。

大きな机に荷物を置き、椅子に座ったのを見て、私と京介も椅子に座った。

だけど……真弥ちゃんはまだ図書室の中に入ってきていなくて、渡り廊下の先をじっと見て立ち尽くしていた。

「真弥ちゃんはどうしたのかしら？」

「……みんなごめん。私、ちょっと行ってくる」

影宮さんが首をかしげると同時に、真弥ちゃんはそうつぶやいて走って行ってしまったのだ。

「ま、真弥ちゃん！　ちょっと！」

私がそう言った時にはもう姿はなく、呼びかけに答えて戻ってくるはずもなかった。

「桐山さん、真弥ちゃんはどうしたのかしら？　なんだか思いつめたような顔だったけど」

「さ、さあ……だけど、なんだか嫌な予感はするかな」

真弥ちゃんが何を考えているかはわからない。

でも、須藤くんに振られて、その原因を作った皆川さんを憎んでいることはわかる。

突き飛ばされたのが悲しくて、悔しくなって、須藤くんに自分の悪評は皆川さんの作り話だと言いにいったのかもしれない。

いや、もしかしたら、皆川さんを殺しにいった？

……ううん、まさかね。真弥ちゃんにそんなことできるはずないよ。

私なら、好きな人に邪魔だなんて言われて突き飛ばされたら、落ちこんで、もう二度と近づきたくないと思っちゃうけどな。

どちらにせよ、真弥ちゃんに何事もないといいんだけど……。

「無茶しなきゃいいけど……ところで、昨日怪談話を追っていたらおもしろい話を先生から聞けたわ」

真弥ちゃんは気になるけど、影宮さんが聞けたという『おもしろい話』も気になる。

それが鏡の中のキリコにつながるというなら、なおさらだ。

「鏡の中に幽霊が映るというのと、呪いの声が聞こえるっていう話は、もうわかるわよね？」

呪いの声……影宮さんに言われて、あらためてあの声がそれだったんだと気づいた。

「つまり、怪談話は三つあるわけじゃなくて、二つだったってこと？　鏡の中のキリコが声を出してるんだから」

「二つ……か、どうかはわからないけど、私たちが体験したことは間違いなく怪談話に関係しているわ。そして、幽霊を見た人と、呪いの声を聞いた人はたくさんいるけど……あと一つの怪談話は、〝消えた生徒〟はひとりしかいないらしいの」

消えた生徒……美術準備室の？

それと今回の幽霊騒動と、どういう関係があるのかな？

三つある怪談のうち、鏡の中のキリコ以外は、なんとも思っていなかったけど。

「ん？　待てよ。ひとりしか消えてねえならよ、そいつが消えたからできた話なんじゃねえの？　そうじゃないと、そんな怪談なんて作られねえだろ」

京介にしては……鋭い！

影宮さんが言った内容だけだと、私は気づかなかった。

「私もそう思うわ。何か事件があったからこそ、生徒たちは噂するのよ。そして、ふたりとも知ってるわね？　美術準備室は生徒の立ち入りが禁止されていることを」

一年生の時に見たことがある。

美術準備室のドアに「生徒立ち入り禁止」と貼り紙がしてあるのを。

先生は、『中に高価な物があるから、生徒には入らせない』と言っていたけど……

それが怪談話を加速させたんだ。

あの噂は本当なんじゃないか、だから生徒は入れないんじゃないか、と。

「それでね、三つの怪談話ができたのは、やっぱりこの美術準備室の事件のあとらしいのよ。何が言いたいか、もうわかるわよね？」

もう、楽しくて仕方がないといった様子で、ニタリと笑う影宮さん。

「つまり……三つの怪談は、全部つながってる？」

なんの手がかりもなく、ただキリコにおびえるだけだったけど、少し光明《こうみょう》が見えた気がする。

それだったら……怪談の元となったと思われる美術準備室を調べれば何かわかるかもしれない。

「だけどよ、影宮が気づいたんだったら、先生たちも当然気づくだろ。とっくに調べられてるんじゃないのか？　そもそも、美術準備室で何があったんだよ」

「なかなか鋭い指摘ね、紫藤くん。たしかに先生たちは調べたでしょうね。そもそも、どうして生徒が消えるなんて噂が流れたのか……誰かが、消えたのを実際に見たに違いないわ」

それを見た人が噂を広めて、いつからか怪談話になってしまったということだろうか。

「……ま、行ってみればわかるんじゃねえの？　なんで消えたかわからねえから、立ち入り禁止にしてるんだろ」

「そういう前向きなの、私は好きよ。でも、今は気をつけないといけないわね。伊達くんがまたとんでもないことをしでかしたから」

注意を怠《おこた》らないようにしながら、私たちは美術準備室に向かうことになった。

図書室から出た私たちは、まだ次の騒動が起きていないことを願いながら、美術準備室がある別棟へと歩を進める。

「ところで、準備室で人がいなくなったなんて、いつの話だよ。そんな話、怪談以外で一度も聞いたことがねえぞ」

京介のそんな声を聞きながら渡り廊下を歩いて、隣接する別棟に入った。

「聞いたことがなくて当たり前よ。だって三十年も前の話ですもの」

三十年も前……それは聞いたことがなくて当たり前だよ。

だけど、怪談として、忘れられることなく今までずっと語られてきたんだ。

それが逆に、この話の信憑性《しんぴょうせい》を裏付けているようで、怖さを感じる。

別棟の三階にある美術準備室を目指して階段にさしかかる。この階段には鏡が無いけど、踊り場の壁にある跡に目が行く。

私たちの教室がある棟の階段にも、同じような跡のある壁がある。

壁に埋めこまれていた鏡を外して、その跡を埋めたのだろう。

「鏡がない階段があるだけでも助かるよね。一度キリコと目を合わせたら、鏡に映るだけで危険だからさ」

私は、目を合わせなければ殺されないという仮定をまだ捨てられずにいた。だって、それくらいしか希望はないから。もちろん、その鏡にキリコがいたら……の話だけど。

昨日、伊達くんが私たちに鏡を向けた時に、そこにキリコがいなかったから助かったけど、いつ、どこに現れるかわからないキリコは恐怖の対象でしかない。

「……桐山さん、『目を合わせたら』ってどういうこと？　気づいたことに気づかれたら殺されるんでしょ？　そう言えば、桐山さんの昨日の話をまだ聞いてないけど。何かあったのかしら？」

「あ、えーっと……あれは夢だったかもしれないから、本当かどうかはわからないけど……」

真弥ちゃんの家で、晩ご飯を食べてすぐ寝たのなら、そのあとに起こったことはすべて夢だということになる。

「夢かよ。夢の話なら、しても仕方がねえな。さっさと行こうぜ」

階段を上りながら、キリコを見たことがない京介があっさりと切り捨てる。

あれは本当に夢で片付けられることなのかな？

それに、目をそらしたら襲いかかってくるというのも夢だったのか……。

どちらにしてもキリコを見なければ、それで済むんだから。

階段を上り切って、廊下の突きあたりを見る。

怪談話の舞台になっている美術準備室……。

黒く禍々《まがまが》しい気配がもれでているかのよう。

「薄暗いわね……一番奥の蛍光灯が切れてるなんて、できすぎてるわ」

何かありそうな雰囲気は満点。

これなら、用事のない生徒は近づこうとも思わないよね。

でも、私たちはその美術準備室に用事がある。

「よし……行くぞ」

と、京介が私の背中をポンッと叩いた時だった。

「な、なんなんだよテメェは!! 追いかけてくんなコラ!!」

階段の下から、怒鳴るような声が聞こえた。

階段をあがり、こっちに近づいてくる足音。

「待て……待て！ 木崎！ お前が僕にしたことを償《つぐな》わせてやる！」

この声は……樹森くん？

「あいつ……まさか木崎を殺そうとしてるんじゃねえだろうな!?」

京介の声とともに、木崎くんと樹森くんが廊下に飛び出してきた。

必死に逃げる木崎くんを追いかける、鏡を持った樹森くん。

木崎くんのいつもとは違う鬼気迫る表情が、恐ろしかった。

「お、おい！ 何なんだよあいつは!! 紫藤！ どうにかしろ！」

廊下を走る木崎くんが、私たちに気づいて声を上げた。

それは、お願いと言うにはあまりにも乱暴な命令口調。

だけど……樹森くんをいじめていたとはいえ、殺されそうになっているのを見捨てるわけにはいかない。

「くそっ、こんな時まで命令すんのかよ！　とにかく逃げろ！　木崎！」

京介もまた、木崎くんをよくは思っていない。

乱暴者で、クラスのみんなからもあまりよくは思われていないけど……そんな木崎くんなら、追いかけてきている樹森くんを止めることくらいできそうなのに。

いつも一緒にいる岡田くんが殺されて、自分も殺されるんじゃないかと恐怖しているのだろう。

私たちの横を通り過ぎ、木崎くんと樹森くんの間に入り、道をふさぐ京介。

「し、紫藤くん！　どいてくれ！」

「そういうわけにもいかねえだろ！　幽霊の力で嫌なヤツを殺して、それで満足かよ！」

止まりそうにない樹森くんに対して、京介は腰を深く落として構える。

「桐山さん。少し下がってましょ。巻きこまれるとケガするわ」

影宮さんに腕を引っぱられ、廊下の端に寄る。

そして……樹森くんはその勢いを止めず、京介と接触した。

「うげっ‼」

なんとか樹森くんの腰に飛びついた京介だけど、見た目でもあきらかに重量が違うせいか、呆気《あっけ》なく弾かれた。

でも、樹森くんをつかんだままで、ふたりで一緒に床に転がったのだ。

「アイタタ……じゃ、邪魔をしないでよ！　紫藤くん！」

あわてて起きあがり、転倒の際に放した鏡に樹森くんが手を伸ばす。

「や、やめろ！　お前はそれでいいのかよ！　幽霊の力で嫌なヤツを殺して、お前は納得できるのか！」

「僕の気持ちなんて、紫藤くんにはわからないよ！　いつもいじめられて、なんとかしたいと思っていてもできなくて！」

おたがいにつかみ合っているけど、京介の上に馬乗りになって怒鳴る樹森くん。

大きく振り上げた拳が、京介の顔に打ちつけられた。

ドンッと、床に振動が伝わるほどの強烈なパンチ。

「ぐっ!!」

ケンカ慣れしていない京介が、久々に食らったであろう一撃に私はいてもたってもいられず、影宮さんから渡された鏡をポケットから取り出して、ふたりに駆け寄った。

「や、やめて！　樹森くん……」

フタを開いて鏡をゆっくりと向けた私を見て、樹森くんはあわてて顔を背けた。

人を助けようと必死になる京介が、これ以上殴られるのを見たくなくて。自分の身を守るためにと、影宮さんから渡された鏡を、まさか樹森くんに向けるなんて思わなかった。

「ここまでね、樹森くん。あなたとは考え方が合うかもしれないと思ったけど……伊達くんに毒されたかしら？」

「なんで……なんで伊達くんはいいのに、僕だけダメなんだ！　いつもこうだ！　くそっ！」

鏡を見ないように京介から離れると、床に落とした自分の鏡を拾って階段の方に歩いていく。

「いてぇ……くそっ、本気で殴りやがって。おい、樹森！　俺を殴れるなら、あいつらも殴れるんじゃねぇのか？」

殴られた左の頬《ほほ》を押さえて身体を起こし、階段をおりる樹森くんに問いかける。

京介の言葉を聞いて、一瞬足を止めたけど……首を横に振って、聞こえるかどうかという程度の声で答えた。

「そんな簡単なことじゃないんだよ……ずっといじめられてきた恐怖は、そう簡単にぬぐえないんだ。こんなチャンスでもない限りね」

そう言い、踊り場までおりていく樹森くん。

このまま、二度と向かう道が交わることはないのかなと……思って鏡をおろした時。

「あ……ああ……」

突然、樹森くんがおびえた表情に変わり、あとずさりを始めたのだ。

うつむいて後退し、鏡があった跡の壁に背中が付いた瞬間。

ゴンッと、頭が壁に当たったと同時に額から血が噴きだしたのだ。

「き、樹森⁉　嘘だろ……」

今まで話していたのに……突然目の前で起こった光景を、私はどう理解すればいいのかわからなかった。

「ふたりとも気をつけて……そこにキリコがいるわよ」

動揺する私の腕を引っぱり、自分のうしろに隠すように前に出る影宮さん。

「邪魔だよ、キモタクくん。やあ、影宮さん。自習室であんなことがあったのに、あわてていないようだったからあとを付けさせてもらったよ」

そう言って、樹森くんの遺体に見向きもせず、階段を上がってきたのは……伊達くん。

「あらあら、ストーカーかしら？　私をストーキングするなら、それ相応の代償を覚悟することね」

「美術準備室に何があるか知らないけど……この楽しいゲームが万が一終わってしま

うと困るんだよ。嫌なヤツを合法的に殺せるチャンスなんて、ないんだからさ」

その言葉は、キリコが鏡に映りこんだ時と同じような悪寒を私に感じさせた。

冷気の塊が私の肌をなでたような。

伊達くんが言っていることは、樹森くんと同じはずなのに……感じるものが違う。

さも、それが当然の行為のように、言葉から悪意がまったく感じられない。

それが……とても恐ろしい。

クラスメイトが、人を殺すことをなんとも思っていないなんて。

「そんなわけで、キミたちにはこれ以上余計な真似《まね》はしてほしくないんだよ。何もしないで、おとなしくしていてくれないかな？」

その手に持っている鏡を、ゆっくりと私たちに向けようとする伊達くん。

それを見て、私たちも鏡をあわてて向けようとするけど……伊達くんの方が早かった。

おたがいに鏡を向けあっている状態で……伊達くんをしっかりと見ていた私は、その手に持っていた鏡を見てしまったのだ。

でも……そこにキリコは映らない。

代わりに、鏡面に『5』と書かれた文字が浮かんでいたのだ。

ニヤリと笑う伊達くんの顔が……みるみる引きつっていく。

「ふ、ふざけるな！　どうして僕から離れる！　どうしてそっちに！」

突然叫んで、顔を腕で隠して階段を駆けおりて行った。

「……た、助かったの？　伊達くんが逃げたってことは、もしかして……」

思わず鏡を見てしまいそうになったけど、キリコが自分の鏡にいると思うと、怖くなってフタを閉じるしかなかった。

私が感じたあの冷気……あれは伊達くんに対する恐怖だと思ったけど、もしかしたらキリコが移動して、私の鏡にやってきた？

いや、影宮さんの方かもしれないけど、それを確認する勇気はない。

「運は私たちに味方してるわね。それともキリコが、私たちを美術準備室に招きいれようとしているのかしら？」

「こ、怖いこと言わないでよ。京介、大丈夫？　立てる？」

手を差し出して、京介を立ちあがらせた私は、鏡を入れた胸ポケットに手を当てた。

あの冷気がキリコだとしたら、昨日のあれは夢じゃなかったの？

真弥ちゃんの家で晩ご飯を食べた直後に眠って夢を見たとすると、玄関で感じたキリコの気配……冷気も夢だったはずなのに。

夢と現実の境界線が、まったくわからない。

「俺が大丈夫かどうかは置いといてよ……」

惨殺された遺体を見るのは四度目……とは言え、決して慣れるもんじゃない。

岡田くんが死んだ時と酷似《こくじ》した死に方で、踊り場に横たわる樹森くんを一瞥《いちべつ》し、京介はうつむいた。

「……復讐《ふくしゅう》なんかに取りつかれるから。無駄に命を落とすことになるのよ」

少しさみしげな表情を浮かべて、影宮さんは美術準備室の方に歩いていった。

たいして仲がいいわけでもなかった樹森くん。

だけど、昨日は少しの時間とはいえ一緒に行動していたから、そんな彼が死んだショックは大きい。

美術準備室の前まで、階段からそこまでの短い距離を、誰も何も言葉を発そうとはせず、影宮さんがドアを開けようとしてやっと声が出たという感じだ。

「……当然だけど、開かないわね。ここの鍵は生徒には貸してくれないし、どうしたものかしら？」

生徒立ち入り禁止と書かれた貼り紙があるドアにそっと手を当てて、首をかしげてみせる影宮さん。

「どうしたものかしらねって……何も考えずにここに来たの⁉」

「あら、何も考えてないなんて失礼ね。このドアを開けたあとのことはいちおう考えてるわよ？　問題は、このドアなんだけど」

そんなの、ドアが開かなかったら意味ないじゃない。

もしもこのドアの向こうに、キリコにつながる何かがあるとしても。

「ごちゃごちゃ言ってても仕方ねえだろ。どけよ」

ドアの前で考えこむ影宮さんを押して、京介がドアの前に立った。

木製の片開きのドア。

ドアノブを回そうとするけど、ロックされていて回らない。

普通にやっていても開かないと判断したのか、京介はカバンの中からステンレス製の水筒を取り出した。

喉が渇いたのかなと、取り出した水筒を見ていたら……それが大きく振りあげられて、勢いよくドアノブに打ちつけられた。

ガンガンと、金属がぶつかる音があたりに響き渡り、その度にドアが小刻みに揺れる。

「くそっ！　くそっ！　ぶっ壊れろよコラ!!」

京介の顔は、今までに見たことのないような険しい表情で、怒りをドアノブにぶつけているよう。

だけど、ドアノブは思ったよりも頑強で、いくら殴りつけてもビクともしない。

「……紫藤くん、頑張っているところ悪いけど、ちょっといいかしら？」

「ああ!?　なんだよ！　もう少しでなんとかなりそうなんだよ!!」

そんな京介に、影宮さんが声をかけるけど、それでもドアノブに水筒を打ちつける。

「……ドアノブじゃなくて、そこのガラスを割った方が早いんじゃないかしら？」

そう言って影宮さんが指さしたのは……ドアにはめられたガラス。

細長くあしらわれたそれを割れば、内側のドアノブに手が届く。

そう、ドアノブを壊すよりもずっと簡単に、ロックを解除することができるのだ。

「……はやく言えよ！」

「だって、水筒でガラスを割ると思ったんだもの。なかなか滑稽《こっけい》だったわ」

クスクスと笑う影宮さんに怒った京介は、言われたとおりに水筒をガラスに打ちつけた。

予想どおり、一撃で破壊されたガラス。

残ったガラスが上から落ちてこないようにと、全部部屋の内側に落ちるように割る。

そこから腕を入れてロックを解除した京介がドアを開けた。

三つの怪談のうちの一つ……。

人が消えてしまうという美術準備室の中を見た私たちは……。

「な、何これ……」

白い、シーツのような布がかけられた板のような物が、左右、正面に立てかけられていて、さながら壁のよう。

「何って……布ね。これじゃあ、何も準備なんてできないわね。ただの倉庫かしら？」

準備室の一番奥まで入って、不思議そうに首をかしげる影宮さん。

たしかに棚はあるし、石膏《せっこう》の胸像《きょうぞう》や、イーゼルなんかも置かれているけど、美術の時間にそんな物を使った記憶がない。

準備室とは名ばかりの、物置という意見には賛成だった。

「それにしてもなんだよこれ……何があるんだよ」

そう言って、京介が布をまくった時、それは目に飛びこんできた。

白い布に隠されていたそれは……大きな鏡。

京介はあわてて布から手を離したけど……私たちは、鏡に囲まれた部屋の中に入ってしまったのだと気づいた。

「こ、これ……なんでこんな所にこんなに鏡が⁉」

意味がわからない……どうして美術準備室に鏡が集められているのか。

「この大きさは……踊り場の鏡？　取り外された鏡が、ここに集められたのかしら」

布の表面をなで、警戒するように部屋の中を見渡した。

それと同時に、足もとに漂いはじめる冷気。

廊下の方から……部屋の入り口から流れこんできている。

足首をつかむような、まとわりつくような冷たさが、足をあがってくるよう。

「来てる……間違いなくキリコがここにいる！」

鏡を見なくてもわかる。

昨日の夢の中で感じたあの冷気が、現実の物となって私たちに襲いかかってきているのだから。

「桐山さん⁉　どうしてそんなことがわかるの⁉　私にはわからないけど」

「わかるとかわからないとか、そんなのどうでもいいだろ！　どうする！　逃げるか、調べるのか⁉」

私は……逃げたい。

だけど、影宮さんは入り口に背中を向けて、逃げようとしなかった。

「……調べるわ。キリコがいなくなるのを待っている余裕なんてないわよ！」

ここにある鏡を避けて、美術準備室で人が消える謎を調べなければならないのか。

私が『いる』と言っただけで、鏡を見て確認したわけじゃない。

それでも、影宮さんは私の勘違いだと否定しない。

これは私の勘だけど……きっと昨日、影宮さんも同じ目に遭ったんじゃないかな。

だから、なんとなくそうなんじゃないかと思っているんだ。

「調べるってよぉ、これを取るのか⁉　幽霊がもしもいたら、俺たちも殺されるんじゃねえのか⁉」

三人の中で、ただひとりキリコの恐怖を味わっていない京介。

話には聞いていても、実際に体験した人でしかわからないことがある。

そして、そんな人でも、ふいを突かれてあっさりと殺されてしまうんだ。

今、この状況で布を取るのは自殺行為だけど……影宮さんならどうするだろう。

「……鏡は無視していいわ。準備室で生徒が消えたあとに、鏡の中のキリコの怪談が生まれたなら、鏡は関係ないはずだから」

なるほど、そう言われれば納得できる。

「じゃあ、鏡を一箇所にまとめて、鏡以外の物を調べればいいんだね？」

「そう言うことね。まあ、怪談につながるような物が本当にあるかどうかはわからないけど」

……影宮さんの言うことは、わからなくもない。

何か特別な物があって、それが原因になった……なんて都合のいいことを考えられないから。

人が三人もいたら、思うように動けないせまい美術準備室。

「よし、俺に任せろ」

と、京介が、鏡を一枚一枚重ねはじめた。

枠の付いた鏡は思ったよりも運びやすそうで、次々と鏡が片付けられていく。

その間、私と影宮さんは廊下に出ていたけど……今度は冷気が準備室の中から流れでているようだ。

つまり……今、キリコは準備室の中にいる。

京介はそれに気づいていないようだけど……もしも布が落ちてしまえば、間違いなくキリコを見てしまう。

「きょ、京介、気をつけてね」

私がそう言うと、小さくうなずいて再び鏡を移動させようと手を伸ばした。

一歩、京介が踏み込んだその時……床まで垂れた白い布を踏んでしまい、「あっ」と声をあげた時には、布がゆっくりと床に落ちてしまったのだ。

私も影宮さんも、声をあげることすらできずに……。

「な、なんだよ……裏かよ。驚かせやがって」

鏡面が現れた……と、思われた鏡は、運よく裏を向いていたようで。

フウッと吐息を漏らした京介は、袖で額をぬぐった。

「あとは……一つだけだな。今度は気をつけねえと」

そうつぶやいて、最後の鏡を持った京介は……不思議そうに首をかしげた。

「なんだよこれ……見ろよ、枠だけだぜ？」

布をまくり、ハハッと笑って私たちにそれを見せる。

「取り外す際に割れたのかしらね？　一枚や二枚、そんな物があってもおかしくはないわ」

その枠は移動させなくても問題ないと判断して、棚に立てかけて片付けは終わった。

あとは、この準備室の中を調べるだけなんだけど……。

「でもよ、何を調べればいいんだよ……これ」

鏡を移動させた京介が、室内を見まわしてつぶやいた。

鏡で隠されていた棚。

使われなくなった画材や、石膏像は置かれているものの……それ以外の物はほとんど何も置かれていないという状態。

それでも探すこと十分。

何か手がかりがあるかもしれないと思って調べた美術準備室は、生徒が消えるという怪談につながるものが何もないという結果に終わってしまったのだ。

「……何もなかったね」

「そうね。三つの怪談には何か意味があると思ったんだけど……消えた生徒と言うのも、家出でもしただけかもしれないわね。生徒立ち入り禁止の貼り紙が、変な噂になっただけかもしれないわ」

少し残念だけど、何もないならはやくここから出たい。

依然《いぜん》として、冷気はこの室内のどこかから漂っているのだから。

ガラスを割ってまで中に入ったのに、美術準備室で得られた物は何もなかった。

廊下に出た私たちは、冷気を中に閉じこめるように、急いでドアを閉めた。

「影宮さん、これからどうするの？　消えた生徒の怪談につながるものはなかったし、あと、わからないことと言えば……」

「数字ね。人がひとり殺されるごとに数字が減っていくのはわかったけど、あれが『0』になった時、一体何が起こるのかしら」

たしかにそれは気になる……でも、できればそうなってほしくない。

みんな思っているだろうけど、『0』になったら、さらに悪いことが起こるんじゃないかな。

『0』で、もう誰も死なねえってことだろ。幽霊はそれだけ殺して、それで終わりじゃね？　お前ら難しく考えすぎなんだよ」

「それならそれで、最悪の事態になってるのよ？　少なくともあと五人……死ななければ終わらないってことなのよ？」

影宮さんの言葉は、自習室での伊達くんと樹森くんの姿を思い出させた。

数字の数だけ人が死ぬなら、嫌いなヤツを殺してしまおうと考える人もいる。

私には、そこまで考えるほど嫌な人はいないけど、もしかすると、私を嫌だと思っている人がいたら……命を狙われるかもしれない。

「伊達の野郎には気をつけねえとな。あいつはお前らを狙ってるみたいだからな」

さっきは運よく、キリコが移動したから助かったものの、次はどうなるかわからない。

廊下を歩いて、樹森くんが殺された階段に差しかかると……。

そこに、原田先生が神妙な面持ちで、屈んで樹森くんを見ていた。

「なんでこんなことに……これじゃあ、あの時と同じじゃないか」

ドンッと、握り締めた拳を壁に打ちつけて、悲しそうにうつむいた。

『あの時と同じ』……やっぱり、原田先生は何か知っているということなんだろうか。でも、過去にも同じことがあったなら、終わらせる方法も知っているんじゃないかな?

チラリと影宮さんの方を見ると、どうやら私と同じことを考えていたようで、ニヤリと意味深な笑顔を私に向けていた。

そこで、原田先生は私たちに気づいたようで、あわてて樹森くんの遺体から飛び退いて、ズボンのポケットから何かを取り出したのだ。

「……お、お前たちが樹森を殺したのか？」

警戒するように私たちをにらみつけて、取り出した物を両手で持った。

「んなわけねえだろ！　樹森は……伊達に殺されたんだよ」

いつも態度が悪い京介。

昨日みたいに疑われるかなと思ったけど……先生は安心したような吐息を漏らした。

「そうだな……返り血を浴びてないから、お前たちがやったわけじゃなさそうだ」

やっぱり、判断がはやい。

目の前で生徒が死んでいるのに、昨日もパニックにもならなかった。きっと何か知っているに違いない。

「原田先生、ここまで被害が広がったら教えてくれますよね？　この騒動の結末はどうなるのか」

階段をおりながら、影宮さんが先生にたずねる。

昨日、話を聞いた先生というのは、原田先生だったのか。

「影宮……昨日も言っただろ。先生は知らない。当時、気づいた時には何人か死んで、退学する生徒までいた。最後にどうなったのかは……わからない」

「数字のことについては何か知りませんか？　鏡の数字が『0』になったらどうなるのか」

数字が『0』になるのを待っていたら、手遅れになるかもしれない。

過去に原田先生が経験したことがあるのなら、『0』になったらどうなるかを知っているだろう。

私でさえそう思うのだから、影宮さんがいちはやくそう判断してもおかしくはない。

「数字……か。昔のことは覚えていないが、それは鏡の内側に書かれていた数字のことか？」

「そうですけど……知らないならいいです」

先生から情報を聞きだせないとわかると、すぐに聞くのをやめた。

あっさりしているのが実に影宮さんらしい。

けっきょく私たちは、数字が『0』になるのを待たなければならないのか。

先生がそれを知らない以上、何を聞けばいいのか私にもわからない。

正直な所、私はどうしてこんなことをしているんだろうとも思う。

家にいたくないから学校に来ているけど、どうして人が死ぬ怪談話の謎に迫ろうとしているのか。

ただ、死にたくないと思っているだけなのに。

人がいっぱい死んで、それでも何かつかめるかと思った美術準備室。

そこには何もなくて、心にポッカリと穴が空いたような感覚。

残された数字分、人は死ぬ。

何も得ることができなくて、肩を落としながら階段を歩く。

三人で、二階におりた時。

「ちょ、ちょっと待ちなさい。一つ……思い出したことがある」

原田先生が私たちを呼び止めて、あわてた様子で階段を駆けおりてきたのだ。

「なんですか？　数字のことですか？」

「い、いや……違うんだが」

影宮さんの言葉と眼力に気圧《けお》されたのか、原田先生の声が小さくなる。

「違うんだが……昔、クラスメイトが言っていたんだ。『欠けた鏡を見なかったか』ってね。それがどういう意味かはわからなかったが……そのクラスメイトは、その直後殺された」

数字のことではないけど、新しい情報……。

欠けた鏡に何があるのか……。

そのクラスメイトが、キリコに命を狙われていたことはわかる。

だけど、『欠けた鏡』って一体なんなの？

そんな話は今まで聞いたことがない。

「原田先生、もっと詳しく教えてください。欠けた鏡を見つけたら、何がどうなるんですか？」

今までになく、影宮さんが話に食いついたけれど、先生はその勢いに圧されて少し引き気味だ。

「い、いや……それはわからないが。とにかく当時はみんな、欠けた鏡を探していたみたいだ。どこにも見当たらないとか言っていたけど……」

「欠けた鏡……そんなのこの学校にあったかしら？　それを見つけて、どうすればいいのかしら？」

美術準備室の次は欠けた鏡。

怪談話になっている美術準備室はわかるとして、どこから欠けた鏡なんて話が出てきたのだろう。

「でも先生よぉ。そんな昔に欠けてた鏡なら、今はもう交換されてるんじゃねえの？」

「そうだよね。先生が学生の頃の話だったら……もう三十年くらい前じゃないんですか？」

原田先生は五十歳前だから、だいたいそれくらいのはず。

「それはわからない。だが……もしもそれを見つけなければならないなら、先生もその鏡を探そう」

人を殺すことを考えているクラスメイトばかりの中で、先生が協力してくれるというのは嬉しかった。

　欠けた鏡を探す。

　それにどういう意味があるのかは、私にはわからない。

　もしもそれが唯一、キリコから助かるための方法だとしても、そのためには鏡を見なければならない。

　鏡の中に潜むキリコの思うつぼ。

　そんな気がしてならないけど、私は京介と、影宮さんは先生と一緒に校舎の鏡を隅々まで調べるために走りまわっていた。

　調べるだけならペアを組む必要なんてないけれど、今は状況が状況だから、誰かに襲われても、もう片方の人が対処できるように。

　この学校で、備えつけの鏡はトイレと階段の踊り場。

　家庭科室や生物室なんかにもあるだろうし、細かいことを言えばロッカーなんかも含まれるだろうけど。

　とりあえずは三十年前からありそうな鏡を調べる。

　私たちの教室がある方の棟を影宮さんたちが。

　美術準備室がある方の棟を私たちが調べる。

　そのあとは一度図書室の前で合流してから、また考えることになった。

この学校はもう、鏡がない場所だから安全というわけではなくなった。

同級生が死んで、何人残っているかはわからないけど、今、残っている人たちは鏡の中のキリコを使って他の人を殺そうとしている可能性がある。


三階のトイレの鏡を調べ終わって、階段の踊り場に来る。

キリコは突然鏡の中に現れるから、あまり直視はできない。

「んー……欠けてるって、どんな風に欠けてるんだろうね」

「俺が知るかよ。幽霊に襲われた菜月の方が知ってるんじゃねえの?」

「そう言われても……欠けた鏡なんて初めて聞いたし、襲われたからってわかるわけないよね」

欠けているとしたら鏡の縁だと思うけど……それらしい跡はない。

そもそも、本当にそんな鏡が放置されたままになっているのかな?

だとしたら……目立つ所じゃなくて、あまり人目につかない場所のような気がする。

「まあ、菜月がわからないねえなら、俺が見ればわかるんじゃね? おーい、幽霊出てこいよ」

二階におりようとする私の背後で、京介がバンバンと鏡を叩いて縁起でもないことを言う。

「ちょ、ちょっと待ってよ！　何してるのよ！　樹森くんがどうなったか見たでしょ⁉　本当にやめて！」

あわてて止めに入るけど、鏡と向かいあっている京介を見るのは……少し抵抗がある。

それでもなんとか引き剥《は》がし、私たちは階段をおりた。

「何だよ……大丈夫だって。それに……お前が怖がるくらいなら、俺が代わりになった方がいいだろ？」

私のことをあまり大切にしてないような態度ばかりなのに……こんな時にそんなことを言うなんてずるいよ。

いつもは言わないような言葉に、ちょっとドキッとしちゃうじゃない。

普段から言ってくれればいいのにさ。

そんなことを思いながら向かった二階のトイレ。

時間短縮のために、男子トイレと女子トイレ、二手にわかれて鏡を調べる。

ひとりで鏡を調べるのは抵抗があるし、いつキリコが現れたと思うと恐怖で逃げだしたくなる。

けっきょく私が入った女子トイレに欠けた鏡はなく、廊下に戻る。

……仮に、欠けた鏡を見つけたとして、それをどうすればいいんだろう？

割ればいいの？　それとも他に何か……。

私の貧困な想像力では、割る以外の方法が思い浮かばないけど。

「京介、どう？　男子トイレの鏡は……」

そうたずねて、男子トイレの中をのぞいた時だった。

「さあ、来いよ……俺は鏡を見てるんだぜ？」

京介が、鏡に顔を近づけて、キリコを待ち構えるように立っていたのだ。

「きょ、京介!!　だからそんなこと……!!」

あわててそれを止めようとした時だった。

私の身体を通り抜けるような、冷たい風が肌をなでたのだ。

き、来た！

今まで姿を見せなかったキリコが、よりによってこんな時に来てしまった！

「鏡から離れて!!」

あわてて京介に駆け寄り、腕を引っぱろうとした瞬間。

バンッ!!と、鏡面を叩く音とともに、鏡の中から白い顔が、にらみつけるように私を見たのだ。

「ひっ!!」

見てはいけないとわかっているのに、不意打ちで現れた、そのおぞましい赤い目を見てしまった私は、恐怖でトイレの入り口まで後退してしまった。

だけど……京介は動かない。

小さく「うわっ」と声をあげたものの……まるでキリコとにらめっこをするかのように、鏡から視線をそらさなかったのだ。

「京介……はやく逃げて！」

このままではキリコに殺されてしまう！　そう思って入り口から叫ぶ。

何人も殺された所を見ているのに、どうして逃げようとしないの⁉

鏡の中にキリコがいるというだけで、私は怖くて身体が動かない。

まさか京介も……。

「あ、ああ……わかった。でもよ、見つからねえんだよ」

何かわけのわからないことをブツブツとつぶやき始めた。

このままじゃ、本当に殺されちゃうよ！

まるで何かに取り憑《つ》かれたように、鏡に向かって話している京介の姿に、ゾクッと背筋に冷たい物が流れる。

「それを見つけたらどうなるんだ？　それがお前の望みなのか？」

キリコにおそれているようでもなく、対話をしているかのような。

「きょ、京介！　鏡から離れて！」

怖くて足が動かない。

なんとか声を振り絞って、そう叫ぶのが精一杯。

私がなんとか動こうとしたその時……。

バンッ！と、内側から鏡を叩いて、私を威嚇《いかく》するような険しい表情をキリコが見せたのだ。

いつもとは違う……「こっちに来るな」と言っているかのような恐ろしい顔で。

だけど……京介はなぜか殺されない。

キリコに気づいたことを気づかれたら……目を合わせたら殺されると思ったのに
……やっぱり違うの⁉

キリコは私だけに敵意を向けているようで、わけがわからない。

「……わかった。見つければいいんだな？　なら見つけてやるよ」

話が終わったのか、キリコの姿は消えて、京介が虚《うつ》ろな表情で、鏡から私の方へと顔を向けた。

ゆっくりと私に手を伸ばし、よろよろとおぼつかない足取りで近づいてくる。

そして……私の肩に触《ふ》れた瞬間、力が抜けたように崩れおちたのだ。

一体何が起こったの⁉

鏡を見て、何かを話してると思ったら、突然私の方に歩いてきて倒れた。

「ちょっと、京介⁉」

私ひとりの力で、男の子を支えられるはずもなく、重量に負けるように膝を突く。

もしかして、キリコに襲われて……。

そう思ったけれど、京介の身体には小さな傷一つ付いてなくて。

背中をさわって確認しても、あのガラス片で刺された様子もない。

キリコが映っている鏡を見て、殺されてもおかしくない状況だったのに……なんにしても、私が思うのは、京介が死ななくてよかったということ。

ギュッとその身体を抱き締めて、私は肩に頬を寄せた。

「ん……あれ？　なんだこれ……菜月？　俺、何してんだ？」

しばらくして耳もとでささやいた京介から、あわてて顔を離す。

「な、何してんだって……ダメだって言ってるのに、鏡を見てるんだもん。心配したんだよ？」

私がそう言うと、今の状況に気づいたのか、あわてて身体を離す。

「ああ……そうだ、鏡を見てたらおかしな場所から白い顔の幽霊が現れて……ビビったけど、目がまっ赤だから、なんでこんなに赤いんだって見てたら……幽霊が話しかけてきたんだよ」

幽霊が話しかけてきた……昨日の夢のことが思い出されたけど、京介がどうして殺されなかったのかがわからない。

欠けた鏡を探したいけれど、とりあえず京介の話を聞くために、隣の教室に入った。

まだ意識がぼんやりしている様子の京介を椅子に座らせて、私は京介の顔をのぞきこんだ。

「なんかよ、幽霊まで『欠けた鏡を探せ』って言うんだよ。『タイムリミットまでに見つけてくれ』ってな」

タイムリミット……それは間違いなく、あの数字のことだろうな。

それ以外には考えられられない。

「そ、それってキリコが言ったんだよね？　見つけろって言うくらいなら、人を殺さなきゃいいのに」

そうしてくれたら、欠けた鏡を見つけるのも楽になるのにな。

「まあ、なんにしても、幽霊から情報を聞きだせてよかったよな。勇気を出して、俺が鏡を見たおかげだろ？」

「変なところで勇気を出さないでよ！　死んじゃうんじゃないかって、本当に心配したんだからね……」

そうつぶやいて、うつむいた私の頭を、優しくポンポンと叩く。

「でも俺は死んでないぜ。これで菜月から仲間外れにされなくて済むしな。ようは、殺されなかったらいいんだろ？」

もう、楽観的と言うか、何も考えてないと言うか。

だけど、たしかに京介は死んでいない。

もしかして……私が昨日見た夢で思っていたことは間違ってなかったのかな？

キリコは、目をそらした瞬間、ガラス片を取り出すという考えは。

『私を見て』と、何度も言っていた。

でも、私を含めて多くの人は、その不気味な顔と、いない人がそこに映るという恐怖から、あわてて目をそらす。

そんな中で、京介はじっとキリコを見続けて……殺されるどころか、キリコと対話をした。

要求を拒否した人は殺されて、京介のように受け入れた人は助かるとしたら……とんでもない話だ。

あんな顔が鏡の中だけに現れたら、怖くないはずがないのに。

それを……京介はやったんだよね。

「うん？　待てよ？　なあ、原田先生の昔のクラスメイトが、欠けた鏡を探してたんだよな？」

「え？　あ、うん。そうだね」

何かを考えている京介の横顔を見ていたから、急にこっちを向かれて驚いてしまう。

「怪談にも欠けた鏡の話なんてねえし……もしかしたら、そのクラスメイトも幽霊と話をしたんじゃねえのか？　そうじゃないとしても、他に話をしたヤツがいたはずだろ？」

……そう言われてみればそうだ。

原田先生から欠けた鏡の話を聞いて、私たちは新しい情報に飛びついたけど、その話の出どころを考えると、鏡の中のキリコしかいない。

つまり、三十年前も、誰かが京介と同じことをしたということになる。

昔のことは、今考えていてもわからない。

私たちにできることは……とにかく欠けた鏡を探すことだ。

教室を出た私たちは、鏡がある方の階段に向かった。

京介はどうかわからないけど、私は鏡に映ってしまえば、間違いなく襲われる。

不安に包まれてやって来た二階の階段。

鏡面が確認できる位置までおりて、おそるおそる鏡を見てみると……。

欠け……てるのかな？

なんだか、右下が少しだけ欠けてるようにも見えるけど、ただ削れているだけのような気もする。

「あれかな？　欠けた鏡って」

違うとは思いながらも、鏡を指さして京介にたずねてみる。

「なわけねえだろ。欠けてるって、これくらい欠けてるんだよ」

そう言って、指で二等辺三角形を作って見せる。

二十センチ×十センチくらい……思ったよりも大きく欠けてるんだな。

「……って、なんで京介がそんなこと知ってるの⁉　さっきまでキリコを見たこともなかったのに！」

「あ、ああ？　なんでそんなに驚いてんだ？　幽霊が見せたんだよ。これに合う、欠けた鏡を探してくれってよ」

そう言い、また二等辺三角形を作る。

京介は知らないかもしれないけど……私や影宮さんは、それが何かを知っている。

それは……キリコが持ってるガラス片だ。

あれは、欠けた鏡の一部だったのか……。

ガラス片だとばかり思っていて、しっかり見ていなかったから、今まで気づかなかった。

まあ、気づいていたところで、さっきまで欠けた鏡のことを知らなかったから意味はなさそうだけど。

「これじゃねえなら一階に行こうぜ。もう影宮たちは図書室の前にいるんじゃねえの？」

私の肩を押して、階段をおり始めた京介。

「え、え？　ちょっと、鏡に映ったらキリコに襲われるよ!?」

手すりをつかんで、必死に抵抗するけど、そんな私にあきれたような表情を浮かべてため息をついた。

「大丈夫だっての！　俺は襲われなかっただろ？　欠けた鏡を探せって言って、殺されるわけが……」

そこまで言って、京介が鏡の方を向いた時だった。

鏡の中、京介の隣に……背筋に悪寒が走るほどの冷たい視線、不気味な笑みを浮かべたキリコが立っていた。

その手には……ガラス片!?

すばやく振りあげて、京介に向かって振りおろしたのだ。

「う、嘘だろ!?」

鏡を見ていた京介は、キリコから逃げるようにして階段に倒れた。

振りおろされたガラス片は、京介のカバンを切りさいて。

「おい、嘘だろ!?　水筒が……」

裂けたカバンの中に入れられていた水筒に直撃したようで、あふれでたお茶が、カバンとズボンを濡らす。

いや、水筒だけで済んでよかったと思うべきだろう。

殺されるよりは、比べ物にならないくらいマシだ。

「だ、だから言ったでしょ！　あぶないいんだって！」

「んなこと言ったってよ！　普通大丈夫だと思うだろ⁉　幽霊は俺に頼んだんだぞ⁉」

うん……京介が言いたいことはわかるよ。

だけど、相手は幽霊で、すでに何人も殺してるんだよ？

頼まれごとをしたからって、それで殺されないというわけじゃないと思う。

「あぶねえあぶねえ、騙《だま》される所だったぜ。それにしても……ステンレスがこれかよ」

裂けたカバンの中で切り裂かれた水筒を取り出して、その凶悪な切れ味をあらためて確認する。

ただのガラス片……なんて思わない方がいい。

人の首を容易に切りおとすことができる、恐ろしく鋭い刃物なのだ。

そんな私たちを見るためか、鏡の中から階段をにらみつけるキリコ。

ガラス片を鏡に押しあて、ギギギ……と、脳に響く音を立てる。

はやく来いと言わんばかりに待ちかまえるキリコを、私たちはどうすればいいのだろう。

「おいでぇぇ……こっちにおいでぇぇぇ……」

鏡を叩いても、引っかいても、私たちが近寄らないと判断したのか、キリコが鏡の中で手招きをして誘っている。

『私を見て』だけじゃなく、『こっちにおいで』とまで言うようになった。

日が経つにつれて、キリコの言葉が増えている……。

いや、昨日のが夢だとしたら、そうとも言えないかもしれないけど。

「こっちに来いって言ってるよ……ど、どうする？　すばやく通り抜ける？　それとも向こうの階段からおりる？」

京介の制服の袖を引っぱってたずねたけど……その京介はなぜかピンときていないようで。

「ん？　そんなこと言ってるのか？　俺には、鏡に張りついてにらんでるようにしか見えねえんだけどよ……」

「え、あんなにはっきり言ってるじゃない！　聞こえないの!?」

思わず声を荒げてしまったけど……昨日の夜も、真弥ちゃんのお母さんにはキリコ

わからない。
でも、あれは夢の中の話だから……あー、もう！　どこまでが夢か現実かさっぱり
の声は聞こえてなかったみたいだし。

「まあいいよ。とりあえず反対側の階段に……」

と、私が振り返った時だった。

ドンッと、強い衝撃が肩に走ったのは。

身体が倒れる……足が階段から離れる。

踊り場に落下する私の目に映ったのは……手に鏡を持った伊達くんだった。

さっき、鏡を見せたお返しだと言わんばかりの、勝ち誇ったような笑みを浮かべている。

このまま踊り場に落ちたら、私はキリコに殺される……。

だけど、足が床に付いていないから身動きが取れない。

どうすることもできないまま、踊り場へと落ちるしかない。

「菜月！」

一瞬死を覚悟した私の耳に、京介の声が届いた。

と、同時に、グッと身体が引き寄せられる。

落ちそうになった私の腕をつかんで、引っぱってくれたのだ。

「く、くそっ！　くそっ！　なんでお前は邪魔をするんだよ！　なんなんだよお前は‼」

鏡を向けられてキリコを見てしまい、さらには私を殺そうと自ら手を下したのに、それもダメだった。

冷静な仮面は剥がれ、伊達くんの異常な素顔が現れたのだとわかる。

「なんなんだよって……知らねえのかよ。人の彼女を殺そうとして、ただで済むと思うなよ！　伊達ぇぇ！」

私を隅に寄せて、怒りに満ちた表情で、京介は伊達くんに詰め寄った。

「僕に反論しやがって……紫藤！　お前も殺してやる！」

やけになった伊達くんが、ポケットから鏡を取り出してすばやく京介に向けた。

でも、その動きを制するように、京介が伊達くんの腕をつかんで殴りつける。

ゴンッという鈍い音が聞こえ、伊達くんが派手に床に倒れこんだ。

だけど……。

「ぐっ⁉」

伊達くんを殴り倒したはずの京介が、足を押さえて膝から崩れ落ちたのだ。

な、何？

何かされたようには見えなかったのに……京介の足からは血が流れ、あきらかにダメージを受けている。

一体どうして……と、思ったけど、その答えは明白だった。

「か、鏡……」

あわてて振り返って、踊り場の鏡を確認すると、さっきまで鏡の中にいたキリコがいない。

きっと、伊達くんが向けた鏡の中に移動して、映りこんだ京介の足にガラス片を突き立てたに違いない。

このままでは京介が殺される……。

そう感じた私は、急いでポケットから鏡を取り出したけど、それよりもはやく伊達くんが上体を起こして、鏡を京介に向ける。

ケガをした足を引きずって、なんとか鏡に映らないように逃げようとするけど、鏡を京介に向けるだけでいい伊達くんの方が圧倒的に有利だった。

「ふ、ふざけんな！」

一度……二度。

鏡の中のキリコの攻撃を、必死によけようと動く京介の制服の背中に、突然何かで切られたような跡が付く。

直撃はしていない……だけど、傷は確実に京介の身体を蝕《むしば》み、動きが鈍り始める。

もう、鏡を渡している余裕なんてない。

私は取り出した鏡のフタを開け、それを伊達くんに向けようとするけど……どうしても京介も一緒に映ってしまいそうで、手がふるえる。

そうしているうちに、さらに、どうしようもない事態が発生する。

このまま逃げていてもダメだと判断したのか、京介が伊達くんに飛びかかり、手から鏡を叩き落としたのだ。これでは、鏡を向けてもふたり一緒に映ってしまう。

「紫藤！　貴様っ！　強いヤツに逆らうこともできない臆病者が僕に逆らうのか!?　僕を見下しやがって!!」

「んなもん関係ねぇ!!　俺はなあ、何をしたって人を見くだしたことなんてねぇんだよ！」

伊達くんに馬乗りになり、グッと握り締めた拳を顔に打ちつける。

普段はケンカをしない京介が……鬼気迫る表情で人を殴っている。

それは、私を守るためだってわかっているけど……あまりいい気分ではなかった。

バカなことばかり言って、人からは軽く見られがちだけど、人を傷つけないところが好きなのに。

私を守るために、変わらなければならないのなら、京介には変わってほしくなかった。

「僕はお前のへらへらした所がきらいなんだよ！　なんでも『俺には関係ない』みた

いな顔しやがって！」

京介に殴られ、次第に自分の想いをぶつけるようになりはじめた伊達くん。

いつも冷静に、クラスをまとめていた姿は微塵《みじん》も感じない。

「それが悪いか‼　関係ないことまで親身になって考えられるほど、俺は優等生じゃねぇ‼」

単純な腕力では互角……。

ふだん優等生然としている伊達くんよりも京介の方が強いかと思ったけど、ケガをしていて力が入らないのだろう。

床を転がり、揉《も》みあい、上から下からおたがいに殴り続ける。

嫌だ嫌だと思っていても、ふたりの迫力に動くことができない。

永遠に続くかと思われたこの攻防にも、ついに決着がつこうとしていた。

「ああああああああああああああああああああっ‼」

悲鳴をあげたのは……京介だった。

伊達くんの上に乗り、拳を振りおろそうとした瞬間、キリコに切られた足を、伊達くんが殴りつけたのだ。

痛みに悶えて、足を押さえながら床を転がる京介。

さんざん殴られて、伊達くんもフラフラだけど……。

言って鏡を手にした伊達くんは、ニヤリと笑みを浮かべて振り返った。

「僕の……勝ちだ！　死ね！　紫藤京介!!」

鏡がゆっくりとあげられる。

京介は足を押さえていて、逃げることも叶わない。

あぶないと感じた私は、すぐさま階段を駆けあがったけど……伊達くんの手の鏡を叩き落とすのは間に合わない。

ダメ……京介に鏡を向けないで！

私を守ってくれた京介を……殺さないで！

今の私ができる最善の行動。

いや、それがいいのかは、正直わからない。

ただ、京介が死ぬかもしれないと思ったら、動かずにはいられなかった。

倒れている京介に覆いかぶさるようにして、ギュッと抱きしめて伊達くんを見る。

鏡面が向けられた。

その中に……キリコが映る。

私と京介の背後に立ち、ガラス片を振りかざした姿を見て……祈るように目を閉じた。

もうダメだ。

死のイメージに支配されて、その時が来るのを覚悟していたけど……。

私と京介に、その時は訪れなかった。

不思議に思い、片目をゆっくりと開けて見ると……。

「遅いと思って来てみたら……危なかったわね」

影宮さんが、伊達くんが向けた鏡を反射させるように、その前に自分の鏡を差しこんでいたのだ。

伊達くんの隣に立って、自分は決して鏡に映らないように。

勝ち誇ったような笑みを私たちに向けたまま、伊達くんは動かない。

影宮さんが、そんな伊達くんの前から鏡を取り払った時……その笑顔に幕がおりるように、赤い液体が流れ落ちた。

勝利を確信した伊達くんの笑みが、私が見た最後の表情で。

もしかすると、何が起こったのかさえわからないまま死んだのかもしれない。

それほどまでに、前のめりに倒れる伊達くんの表情は満足気だった。

グチャッと、顔面から崩れ落ちた伊達くん。

その後頭部を見て、私は何が起こったかを想像することができた。

頭頂部から、ななめに切り取られた頭部。

床に打ちつけられた衝撃で、脳がプルンと揺れる。

恐怖の対象であるキリコに助けられた。

私たちの、どちらを味方しているというわけではなく、キリコからしてみたら、私たちは等しく獲物なわけで、影宮さんが来てくれなければ、殺されていたのは間違いなく私だ。

「影宮さん、助かったよ。ありがとう」

唸る京介を抱きしめながら、私は顔をあげてつぶやいた。

「いいのよ。でも、また数字が減ってしまったわね……」

死亡した伊達くん。

影宮さんと一緒にいた原田先生が、その凄惨な現場を目の当たりにして、青ざめた顔で立っていた。

だけど、そこは三十年前にも惨劇《さんげき》を経験した原田先生。

ケガで苦しむ京介を見て、ハッと我に返り、首をブンブンと横に振った。

「だ、大丈夫か紫藤!!　と、とりあえず止血をしないと」

「大丈夫なわけねえだろ……めちゃくちゃいてぇ!!」

先生は襟もとのネクタイを解き、あわてた様子で京介の太腿《ふともも》を縛《しば》る。

「……伊達くんも樹森くんも同じね。人を殺そうとして、自分が殺されるなんて考えてもいなかった」

私たちはどうなのかな。

殺されないために必死になってるけど、人を殺すことは考えていない。

直接私たちが命を奪ったわけではないけれど、それでも人が死ぬのを見て、「よかった」なんて思えないよ。

「それで、こっちには……その様子だと、欠けた鏡は見当たらなったようね」

私たちはトイレでの出来事で時間を取られていたから、影宮さんと先生のペアよりも鏡を調べられなかった。

当然その中に欠けた鏡なんてなくて、さらには影宮さんが来てくれなかったら、こうして話をすることすらできなかったかもしれないから。

京介はとても動けるような状態じゃない。

原田先生に任せて、私と影宮さんは反対側の階段に移動し、まだ調べていない鏡を調べることにした。

「……紫藤くんが鏡を見て？　欠けた鏡を探せって、幽霊に言われたのね」

「うん。だからきっと、キリコがそれを求めているんだと思う」

移動しながら、京介が鏡の中のキリコから目をそらさず、じっと見続けたこと、キリコから告げられたことを影宮さんに伝えた。

影宮さんはとくに驚いた様子もなく、想定内だといった表情だ。

「キリコに殺されないように、欠けた鏡を探していたのに、それの発信源がまさかキリコだったとはね。私たちは、けっきょくいいように踊らされているだけかもしれないわね」

「つまり……私たちは、キリコのために欠けた鏡を探してるってことかな」

「そうとも言えるし、そうじゃないかもしれないわ。どちらにしても、私たちに残された手は、欠けた鏡を探すことだけ。数字が『0』になるまで、時間がないもの」

うん、そのとおりだ。

どんなに考えても、それ以外の方法が思いつかない。

たとえ、それがいい結果になろうと、悪い結果になろうと、やるしかないんだよね。

何もしないという選択肢は……ここまで来たらないかな。

私と影宮さんは、まだ調べていない一階におりてきた。

欠けた鏡がありますようにと祈りながら調べたけど……けっきょくそんなものは見つからなくて。

「……なかったね、欠けた鏡。やっぱり三十年も前だから、欠けた鏡なんて取り外されたのかなあ」

「もしもそうだとしたら、手の打ちようがないわね。キリコはそれを知らなくて、ずっと欠けた鏡を求めている……幽霊の世界なんて知らないけれど、ありえない話ではないと思うわ」

そうであってほしくはないけど、万が一そうだとしたら、私はどんな顔をして京介に会えばいいだろう。

もう存在しない物を求めて、学校に残ったばかりにケガをした京介に、なんて言えばいいだろう。

こんなことにかかわらないで、学校に来ず、家にいれば、少なくともケガなんてしなかったはずなのに。

「鏡が見つかっても、それをどうすればいいかわからないよね。その前に数字が『0』になっちゃうかもしれないし」

それが怖い。

たとえ鏡を見つけたとしても、数字が『0』になったとしても、そうなった時の情報が何もないのが、さらに私を焦らせていた。

この学校に、もう欠けた鏡はないのかな。

残された鏡は、もうほとんどないはず。

京介が言っていた、キリコが持っているガラス片と同じ大きさ。

それ以下の大きさの鏡は無視していいと思っているけど、間違っていないよね。

そんなことを考えれば考えるほど……どんどん追いこまれていく。

唯一の希望と思った欠けた鏡が見つからない。

その不安が、絶望が、胸の奥からしみ出して、身体を蝕んでいくよう。

足取りも重く、影宮さんのあとに付いて歩きながら、どうすればいいか考えていた。

「……さあ、どうしたものかしら？　どこにあるのかしらね、欠けた鏡というヤツは」

私はあきらめてるのに、影宮さんはまだあきらめていないみたいだ。

廊下を渡って、私たちの教室がある棟に入ると……何か今までと雰囲気が違うのを感じる。

昨日とは違い、警察がまた来ているのに、生徒は誰もいない。

さすがに今日は、もともとの生徒数も少ないこともあって、どこにも姿が見えない。

「こんな状況だと、やっぱりみんな帰ったのかな」

「そうね。自分が殺されるかもしれないって時に、学校なんかにいたいとは思わないでしょうね」

そうだよね……だけど、生徒がいないということは、誰かが殺されて数字が『0』になるタイムリミットを気にせずに欠けた鏡を探せるということだ。

生徒がいなくなった今が、鏡を探す絶好のチャンス。

……そう思ってたのに。

「ダメだ。今日はもう帰りなさい」

京介が運ばれたかもしれないと、立ち寄った保健室で原田先生と出会い、鏡を探すために教室の鍵を借りようとしたけど……返ってきたのは予想外の返事だった。

「どうしてですか？　欠けた鏡を探すなら、生徒がいない方が都合がいいはずですよね？」

影宮さんが、呪いをかけるような怪しい眼差しを向けて、原田先生に詰めよる。

「わ、私もそう思います。今なら誰にも邪魔されずに探すことができるのに」

ふたりに反論されて、明らかに困った表情を浮かべた原田先生。

「いいか？　お前たちの命を狙う生徒がいないとはいえ、幽霊はお前たちの命を狙っているんだろう？　鏡の中の幽霊が、欠けた鏡を探しているお前たちの命を。だったら、殺される危険性はあるわけじゃないか。先生は紫藤に付き添って病院に行くから、お前たちは家でおとなしくしていなさい」

三十年前に、原田先生は今の私たちと同じ幽霊騒動に巻きこまれた。

そのせいか、他の先生たちと比べると、私たちの行動に理解はあるし、パニックにも陥らない。

だけど、だからこそ、鏡に近づくのがどれだけ危険かということをわかっているのだろう。

愛読者カード

お買い上げいただき、ありがとうございました!
今後の編集の参考にさせていただきますので、
下記の設問にお答えいただければ幸いです。よろしくお願いいたします。

本書のタイトル(　　　　　　　　　　　　　　　　　　　　**)**

ご購入の理由は? 1.内容に興味がある 2.タイトルにひかれた 3.カバー(装丁)が好き 4.帯(表紙に巻いてある言葉)にひかれた 5.本の巻末広告を見て 6.ケータイ小説サイト「野いちご」を見て 7.友達からの口コミ 8.雑誌・紹介記事をみて 9.本でしか読めない番外編や追加エピソードがある 10.著者のファンだから 11.あらすじを見て 12.その他(　　　　　　　　　　　　　　　)

本書を読んだ感想は? 1.とても満足 2.満足 3.ふつう 4.不満

本書の作品をケータイ小説サイト「野いちご」で読んだことがありますか?
1.読んだ 2.途中まで読んだ 3.読んだことがない 4.「野いちご」を知らない

上の質問で、1または2と答えた人に質問です。「野いちご」で読んだことのある作品を、本でもご購入された理由は? 1.また読み返したいから 2.いつでも読めるように手元においておきたいから 3.カバー(装丁)が良かったから 4.著者のファンだから 5.その他(　　　　　　　　　　　　　　　)

1カ月に何冊くらいケータイ小説を本で買いますか? 1.1〜2冊買う 2.3冊以上買う 3.不定期で時々買う 4.昔はよく買っていたが今はめったに買わない 5.今回はじめて買った

本を選ぶときに参考にするものは? 1.友達からの口コミ 2.書店で見て 3.ホームページ 4.雑誌 5.テレビ 6.その他(　　　　　　　　　　　　　　　)

スマホ、ケータイは持ってますか?
1.スマホを持っている 2.ガラケーを持っている 3.持っていない

学校で朝読書の時間はありますか? 1.ある 2.今年からなくなった 3.昔はあった 4.ない

ご意見・ご感想をお聞かせください。

文庫化希望の作品があったら教えて下さい。

学校や生活の中で、興味関心のあること、悩みごとなどあれば、教えてください。

いただいたご意見を本の帯または新聞·雑誌·インターネット等の広告に使用させていただいてもよろしいですか? 1.よい 2.匿名ならOK 3.不可

ご協力、ありがとうございました!

お手数ですが
切手をおはり
ください。

郵便はがき

104-0031

東京都中央区京橋1-3-1
八重洲口大栄ビル7階

スターツ出版(株)　書籍編集部
愛読者アンケート係

(フリガナ)
氏　名

住　所　〒

TEL　　**携帯／PHS**

E-Mailアドレス

年齢　　**性別**

職業

1. 学生（小・中・高・大学(院)・専門学校）　2. 会社員・公務員
3. 会社・団体役員　4. パート・アルバイト　5. 自営業
6. 自由業（　　）　7. 主婦　8. 無職
9. その他（　　）

今後、小社から新刊等の各種ご案内やアンケートのお願いをお送りしてもよろしいですか？

1. はい　2. いいえ　3. すでに届いている

※お手数ですが裏面もご記入ください。

お客様の情報を統計調査データとして使用するために利用させていただきます。
また頂いた個人情報に弊社からのお知らせをお送りさせて頂く場合があります。
個人情報保護管理責任者:スターツ出版株式会社 販売部 部長
連絡先:TEL 03-6202-0311

キリコが見せる夢

保健室で応急処置を済ませた京介は、原田先生に連れられて病院に行った。叫んでいた割には、傷はそんなに深くはないけど、念のためにとのことだ。校医の先生が付き添うと言ったけれど、キリコを見てしまった京介のことを考えて原田先生が行ったのだ。

けっきょく、私たちの行動の理解者がいなくなってしまい、自由に動けなくなった私たちは、家に帰ることを余儀《よぎ》なくされてしまったのだ。

「桐山さん、家にお邪魔していいかしら？　ひとりでいるよりも、ふたりでいた方がいいような気がするの」

鏡に気をつけながら家に帰る途中、影宮さんがつぶやいた。

「え？　うん、それはいいけど……どうしたの？　昨日はそんなこと言わなかったのに」

まあ、調べ物があるって言ってたし、今日は普通の態度だったから、きらわれたわけじゃないというのはわかっていたけど。

こんな状況では、ひとりよりもふたりでいた方がいいのは間違いないから、断る理由なんてない。

「……私はまだキリコを見ていないけど、桐山さんは見ているから心配なのよ」

少し言うのが恥ずかしそうに、目をそらしてつぶやく。

……なんか、ちょっとかわいいな。

いつもは冷静で、感情をあまり表に出さない影宮さんの照れた姿は新鮮だった。

影宮さんとふたり、二日目の朝のように鏡を警戒しながら家に戻った。

「ただいまー」

昼を回ってしばらくしか経っていないから、誰の返事もない。

まあ、いつものことだし、なんとも思わないけど。

「お邪魔します」

玄関に入るなり、キョロキョロとあたりを見まわす影宮さん。

どこに鏡があるのか確認しているのか、その目は鋭い。

「えっと、うちにある大きな鏡は、そこの洗面所と、浴室の中、あとは和室の鏡台くらいかな？」

「ありがとう。それならなんとかなりそうね。怪しい所は私が先に行くから、桐山さんが指示してくれるかしら？」

それは思ってもいなかったありがたい申し出で、こちらからお願いしたいくらいだった。

「こっちこそありがとうね。影宮さんがいなかったら、うちに帰ってもおびえてたかもしれない」

安心して家にあがり、脱衣所のドアが閉じていることを確認して、私は影宮さんをリビングに通した。

気づけば丸一日以上持ち歩いていたお弁当箱を流しに置いて、お昼ご飯にとカップラーメンを棚から取り出す。

「影宮さんはお昼ご飯ある？　なかったらカップラーメンなら……」

「大丈夫よ、お弁当があるから」

言い終わる前に返事をしてくれたから、カップラーメンを一つ棚に戻して、私は自分の分だけ準備することにした。

リビングで影宮さんと遅めの昼食を摂《と》る。

「昨日と今日のペースで考えたら、明日には間違いなく数字が『0』になるわね。まあ、あんなに人が死んだら、明日も学校に行こうなんて考える物好きはいないでしょうけど」

「そうだよね。私たちみたいに欠けた鏡を探しているならともかく、何もわからないなら、家にいた方が死ぬ確率は低くなるだろうし」

そう考えたら、今日登校していた生徒の人数は異常とも思えた。

いくらキリコの夢を見て、家にいるのが怖いからと言って、理由もなく学校で過ごそうだなんて考えるのは。

まあ、私も二日目に同じことを考えて学校に行ったから、人のことは言えないんだけど。

「でもね、恐怖ってものは厄介なのよ。たとえば、トラウマになるようなホラー映画を見たとするわ。それを見た場所が、自分の部屋だった場合、そこにいることが恐怖でしかなくなってしまうのよ。それなら、少し怖くてもみんなと一緒にいられる方を選ぶわね」

その気持ちは痛いほどわかる。

まさか、樹森くんが人を殺そうなんて考えているとは思わなかったけど。

昼食を食べて、私たちは私の部屋に行くことにした。

リビングを出て、脱衣所のドアを見ると……大丈夫、閉まってる。

背後が気になるけど、急いで階段を駆けあがり、一番奥の私の部屋に。

「ここが私の部屋だけど……テーブルの上に鏡があると思うから、伏せてあるか見てくれない？」

真弥ちゃんの家で、伏せたはずの鏡が起きてたということもあったから、ドアを開けるのが怖い。

「わかったわ。万が一鏡がこっちを向いていた時のことを考えて、桐山さんは隠れていて」

影宮さんに言われるままに壁に隠れて、様子をうかがう。

――カチャッ……。

ドアが開き、緊張感が高まる。

「こ、これは……一体どうしたと言うの？」

私が想像していた反応じゃない。

それは、何か恐ろしい物を見たかのような……そんな感じだ。

「な、何……お、驚かせないで。教えてよ」

入り口の前に立ったまま、微動だにしない影宮さんの腕を突いてたずねる。

「大変よ、桐山さん。部屋に泥棒が入ったかもしれないわ！」

「えっ⁉」

あわてて確認した部屋の中。

テーブルの上の鏡は伏せられているまま。

それに部屋は……私が今朝出た時と変わらない状態だった。

「……えっと、影宮さん？　泥棒が入ったようには見えないんだけど」

私のその言葉に、逆に驚いたような表情を見せた影宮さん。

「そ、そうなの？　てっきり私は台風でも去ったあとかと……ごめんなさい、言いすぎたわ」

ここ数日で、影宮さんはなんでもはっきり言うとわかったけど……さすがにそれは、本当に言いすぎだよ。

軽くへこみながら、影宮さんを部屋に入れて、散らかった床の本を隅に追いやる。

「で、でも、真弥ちゃんの部屋よりもきれいなんだからね。これでもまだ……ね」

ごめん、真弥ちゃん。この部屋と比べちゃったよ。

「この部屋より汚いとか……もう人間が住める環境じゃないわね。それはそうと……その真弥ちゃんはどうしたかしら？　あれから連絡はあった？」

心配そうに床を見て、かがんでカーペットに手を置いて確認する。

いやいや、散らかってはいるけど、掃除はキチンとしてるから大丈夫だよ。

前に掃除をしたのは四日前だし。

「連絡はないね。あのあとどこに行ったんだろ。ヘタなことをして、死んではいないと思うけど……」

そう私が言うと、思い出したかのように影宮さんは、カバンから鏡を取り出した。

「数字は……『4』ね。伊達くんのあとに誰も殺されてなければ、明日まではこのままだと思うけど」

手鏡には赤い『4』の文字。

それは、伊達くんに鏡を見せた時に書かれた数字。

あの時は殺されなくて助かったという想いが強かったけど、よく考えれば、私と京介を助けるために人を殺したんだ。

幽霊が殺した……影宮さんが殺したわけじゃない。

そう思いたいけど、その考えは伊達くんと同じになってしまう。

自分は手を下していないから、幽霊のせいだから、自分は悪くない。

影宮さんはそれをどう思っているのだろう。

「うん？　どうしたのかしら？　ああ、鏡を向けたらキリコに襲われるかもしれないわね」

私に気づき、鏡を隠すようにしてカバンに入れた。

「いや、そうじゃないの……影宮さんは伊達くんを殺して、なんとも思わなかったの？」

罪の意識を持てと言いたいわけじゃない。

もしも私が影宮さんの立場なら、伊達くんを殺したという事実に耐えられないだろうから。

「なんとも思わない……なんて言ったら嘘になるわね。だけど、そうしなければ、桐山さんと紫藤くんが殺されていたかもしれないでしょ。そんなのは耐えられないわ」

影宮さん……話すようになってまだ間もないのに、そんな風に思ってくれてるんだ。

不謹慎《ふきんしん》かもしれないけど、なんだか嬉しいな。

だけど、嬉しいだけに、影宮さんがその罪の意識に押し潰《つぶ》されないか心配だ。

「それよりも、私たちにはしなければならないことがあるのよ。今日、殺されなかったとしても、明日は殺されるかもしれないじゃない？」

明日は……か。

さっきも話に出たけど、真弥ちゃんはどうしたかな。

スマホを取り出して、メッセージを確認するけど、真弥ちゃんからの連絡はない。

ちょっと連絡してみようかな。

あのあと学校でも会わなかったし、無事に家に帰ったのかどうかが気になる。

アプリを開き、真弥ちゃんにメッセージを送るために画面に指を置いた。

《真弥ちゃん大丈夫？　もう家に帰ってる？》

そんなメッセージを送って、返事を待った。

ベッドに腰をおろして、カーペットの上に座った影宮さんに視線を向けた。

「殺されないうちに、欠けた鏡を探して……それで……どうすればいいんだろう？」

「……さあ？　さっぱりわからないけど、キリコが持っているガラス片が、鏡の欠けた部分だとすると……元に戻せば何かが起こるのかしら？」

欠けた鏡を……元に戻す？

え、でも、ガラス片はキリコが持っているわけで、一度目を合わせたあとにそらすと殺される。

そんな幽霊が、私たちに協力なんてしてくれるのかな。

もともとはキリコが言いだしたこととは言え、危険がゼロだというわけじゃない。

「欠けた鏡を元に戻して、キリコが出てきちゃうってことは……ないよね？　そんなことになったら、かなりヤバイんだけど」

「それは笑えないわね。そんなことになったら、一体何人の生徒が犠牲になるかわからないわ」

私の、縁起でもない想像は、影宮さんからの反論もなく受け入れられた。

そんなことはないわって、言ってほしかったけど、最悪の事態を考えているんだろうな。

もしもキリコがこっちの世界に出てきたらなんて……考えたくはない。

「ま、まあ、そんな漫画みたいな出来事あるはず……」

と、自分が言ったことなのにあわてて否定しようとした時。

手の中のスマホが、テロリンと音を立てた。

画面には《真弥ちゃん》の文字。

急いでその内容を確認すると……。

《皆川を殺したかったけど……できなかった。ムカついててもさ、人を殺すなんてそ

う簡単にできないね》

……やっぱり、皆川さんを殺しにいったんだ。あの時、須藤くんと皆川さんが一緒に逃げていたのを見て、怒りがわきあがったんだろうな。

でも、殺しはしなかった。

なぜか私はホッとして、フフッと笑った。

「どうしたの？　嬉しそうな顔をして」

「え？　うん。真弥ちゃんがね、ムカついてる人を殺すために私たちと別れたんだけど、やっぱり殺せなかったって」

なんてことを嬉々として話しているんだろう。

普通に学校生活を送っていたら、こんなことを言う機会なんて絶対になかっただろうな。

「まあ、真弥ちゃんに人は殺せないわね。あんなに無邪気な子に、殺人は似合わないわ」

最初は苦手だなんて言ってたくせに、いつの間にかそうでもなくなってるんだから。

「そうだね。真弥ちゃんには明るく元気でいてほしいよね」

「……元気すぎるのも考え物だと思うわ」

そんな話をしながら、私たちは時間を過ごした。

欠けた鏡を見つけられるかという不安、生徒がいないであろう明日の学校での行動、思ったことはなんでもふたりで話して。

おそらく、泣いても笑っても明日が最後になりそう。

数字が『0』になるのがはやいか、欠けた鏡を探すのがはやいか、それで私たちの運命が決まる。

どちらの結末を迎えても、どうなるかなんてわからない。

はっきりとどうなるかがわかれば、もっと必死になるか、探さなくてもいいかという判断ができるのになあ。

なんて、こんな最悪の状況に陥っているのに、探さなくてもいいなんて選択肢はないとは思うけど。

それから、何ごともなく過ごして夕方になった。

お母さんが帰ってきたから、影宮さんを連れてリビングに行く。

前髪が長くて、不気味な容姿の影宮さんにビックリしていたけど、泊まることを伝えて晩ご飯を食べ、部屋に戻った。

京介からも連絡があり、傷口を縫《ぬ》う程度で済んだと聞いてひと安心する。

「床でごめんね。一番厚い布団を敷いたけど、痛かったら言ってね」

部屋のまん中にあるテーブルを隅に寄せ、そこに敷いた布団をさわって影宮さんを見た。

「大丈夫よ。ありがとう」

てっきり、「薄っぺらい布団で背中が痛くなりそうね」とか言うかと思ったけど……意外だ。

「この家のトイレは大丈夫として、問題はお風呂ね。桐山さんはキリコに殺されるかもしれないから、入らない方がいいわ。見てきたけど、間違いなく殺される向きだもの」

「そ、そうだよね……まあ、今日は朝にシャワー浴びたし、なんとか大丈夫……かな？」

「ここまで来て、あっさり死なないでほしいわね。キリコは精神的に疲労するのを待っているような気もするけど」

……そうだよね。

油断していたらすぐに殺される。

注意力が散漫《さんまん》な私が今まだ生きていられるのは、運がよかったからにすぎないんだ。

そして、それは意外とはやくに訪れた。

「じゃあ、悪いけど私はお風呂に入らせてもらうわ」

と、影宮さんがバッグから着替えを取り出して部屋を出ていった。

……なんで着替えなんて持ってたんだろう。

最初から誰かの家に泊まるつもりで、準備していたとしか思えないんだけど。

「ま、いっか。それにしても今日は、影宮さんがいるおかげであんまり怖くないな」

テーブルの上の鏡は伏せてあるし、他に鏡はない。

これ以上私が考えることもないんだけど……なんだろう。

今日を思い返してみると、何かが引っかかるんだよね。

違和感があると言うか……私の気のせいなのかな。

どこがどうと言うのはわからない。

それがわからないから感じているんだ。

きっと、原因が何かわかれば、それを考えられるから、スッキリできるのに。

「どこだろう……伊達くんの行動は一貫してたし、美術準備室？　あそこに鏡が片付けられてたから……」

そうだ！　そう言えば、美術準備室の鏡はまだ調べていないじゃない！

美術準備室の近くからスタートして、すっかり調べた気になっていたけど……あの部屋の鏡は手付かずだった。

不思議に思うことは他にもある。

階段の踊り場にある鏡を取り外して、そこに集めたとなると、どうしてわざわざ怪談の場所に？

生徒が消える美術準備室なんて、行ってみようとも思わないから、鏡を置いておくにはちょうどいいのかもしれないけど。

それにしても、鏡を外して壁を埋めたのに、鏡を処分しなかったのはなぜだろう？

それを考えると、三十年前にあったかもしれない欠けた鏡も、美術準備室にあるのかもしれない。

「……そうだよ。もしかすると、欠けた鏡があるのは、美術準備室じゃないの？」

安直な考えかもしれない。

だけど、もうそうとしか思えない。

私の中では、それ以外の場所にあるなんて考えられなくなっていた。

そう……結論に達した時だった。

――カタッ。

何か……妙な音が聞こえた。

どこからかわからない。

この部屋の中で聞こえたとは思うけど……。

――カタッ。

――カタカタカタカタカタカタカタカタカタッ。

その音とともに、激しくテーブルの上の鏡がふるえはじめたのだ。

瞬間、私の背筋に激しい悪寒が走る。

ゾワゾワと、頬を指先でなでられるかのような不気味な感覚。

これは……夢!?

いや、眠った覚えはない。

横にもなってないし、夢を見ているような不思議な感覚はないのに。

――カタカタカタッ。

まるでキリコが、伏せられた鏡から出ようと暴れているかのようだ。

「な、なんでこんな……ダ、ダメッ!」

あわてて鏡に飛びついて、上から押さえつけた。

だけど、それでも私の手を振り払わんばかりの力で、カタカタという動きは止まらない。

ど、どうしてこんなことになってるの⁉

押さえつけられないほどじゃないけど、このままずっとこうしていなければならなかったらどうしよう！

「……こっちにおいで」

カタカタと鳴る鏡から聞こえた声。

『私を見て』……じゃない。

こっちって、あの世のこと⁉

冗談じゃないよ！

「ちょっと！　マジでやめてよ！　私はまだ死にたくない！」

そう叫んだ時だった。

――バンッ！

と、今度はテーブルを叩くような音に変わり……。

テーブルと鏡のわずかな隙間から、白い手が出てきたのだ。

「きゃ、きゃあああああああああっ!!」

突然の出来事に、押さえつけていた鏡から手を放して、私は尻餅をついた。

一体どうやって……なぜ、キリコの手が鏡の中ではなく、こっちに出てるの!?

「こっちにぃぃぃぃぃ、おいでぇぇぇぇぇ!!」

その声とともに、鏡がゆっくりと起きあがっていく。

白い手を支えにして、なんとしてでも私に鏡を見せようとしているかのように。

そして……鏡が完全に起きあがり、私の方に向いたその時だった。

「桐山さん、ありがとう。いいお湯だったわ」

ガチャリとドアを開け、頭にバスタオルを巻いた影宮さんが部屋の中に入ってきたのだ。

その瞬間、鏡の中に引っこむ白い手。

ささえを失った鏡は、パタンと音を立て、再びテーブルの上に伏せた。

影宮さんが入ってきたから助かった……のかな。

あと少し、影宮さんが部屋に入ってくるのが遅かったら、私は間違いなく殺されていた。

そんな思いからか、私は顔をしかめて、安堵《あんど》の吐息を漏らした。

不思議そうに、私と、音を立てて倒れた鏡を交互に見て首をかしげる影宮さん。

運よく影宮さんが部屋に戻ってきたからよかったものの、長風呂されていたらどうなっていたかわからない。

立ち尽くす影宮さんの足にしがみついて、私はこれまでの経緯を話した。

「なるほどね。キリコが暴れて、鏡の中から出ようとしていたように見えたのね。でも、そんなことが本当にあるのかしら？」

私の言葉を信じていないような言い方で、考えこむ。

「だ、だって！　本当に見たんだよ⁉　鏡の中から手が出てきたし、こっちにおいでって……」

「……それは本当に現実なのかしら？　もしかして、いつの間にか眠っていて、夢を見ていたなんてことは……」

それは……ないと思う。

現実的に考えると、そうであってほしいけど、どこかで眠るタイミングがあったとは思えないし、夢だとすると、その登場人物の影宮さんがそんなことを言うかな？

「夢なんかじゃないと思うけど……一昨日からどこまでが現実で、どこからが夢とかさっぱりわからないんだよね」

完全に可能性がゼロではないというのが怖い。

「まあ、そうね。いろんな可能性は考えておくべきね」

そう言って、頭に巻いたバスタオルを解き、髪をふきはじめる影宮さん。

学校指定のジャージの袖から見えた、奇妙な物が……私の目を釘付けにした。

あれ……なんだろう、あの痕《あと》。

手首のシワかと思ってたけど、何本もある……。

「影宮さん、その手首どうしたの？」

なにげなくたずねたその言葉に、影宮さんはあわててジャージの袖を隠した。

「……見たわね？　気づかなければよかったのに」

バスタオルを頭に乗せたまま布団の上に腰をおろして、私の目を見つめる。

鏡は……大丈夫、影宮さんが来てから動きを止めたから、とりあえずは安心だ。

「……これは、私が中学生の頃、何度も死のうとした痕よ。当時の私は友達がいなくて……毎日いじめに遭ってて、生きるのが辛かったの。だから、こうなったのよ」

そう言い、そっと袖をまくって手首を見せてくれた影宮さん。

……最初はあわてて隠したのに、どうして見せてくれたんだろう。

本当なら知られたくないと、隠し通そうとしてもおかしくないのに。

「そ、そうだったんだ……ごめん。なんて言っていいかわからないけど……」

いじめられてて、死のうとしていたなんて。

私は一度もそんな経験がないから、影宮さんにどう言葉をかけていいかがわからなかった。

「べつにいいわ。今はいじめられてるわけじゃないし。それに……桐山さんや真弥ちゃんとも仲よくなれたから、生きててよかったと思えるの」

そんな風に思ってくれてたんだ。

「ま、まあ、影宮さんが生きてくれて、私は嬉しいかな。そうじゃなきゃ、こうして話をすることもできなかったし、私だって殺されていたはずだから。ありがとうね」

「桐山さん……いいものね。と、友達にお礼を言ってもらえるって」

隠しきれない喜びを顔いっぱいに浮かべて、恥ずかしそうにうつむく。

鏡の中のキリコに恐怖したけど、影宮さんに助けられ、ホッとさせられた。

「何言ってるの。影宮さんは命の恩人なんだから、お礼を言うのは当たり前でしょ?」

「そ、そう？　あ、そ、それよりも、何か思い出したことはないかしら？　私もシャワーを浴びながら考えたけど、あまり考えがまとまらなくて」

照れながら、あわてて別の話題にしようと必死になっている。

なんだか、いつもと違ってかわいく見えるよ。

「私が思ったのは、どうして取り外した鏡を、わざわざ怪談話の場所に片付けたのかなってことなんだけど……」

「まあ、それはきっと、美術準備室が都合がよかったんでしょうね。怪談話で人が寄り付かないし、一箇所にまとめてしまおうと考えたのかもしれないわ」

考えていることは私と同じか。

まあ、それに意味があるのかないのかと言われたら、当時のことを知らない私にはよくわからないし。

考えても意味がないことなのかもしれない。

「あとは……なんだろ。よくわからないけど、違和感があるんだよね。それがなんなのか……ちょっとはっきりしないんだけど」

私は何に対して、その感情を抱いているのだろう。

伊達くんや樹森くんはもう死んでしまった。

京介はケガをしたし、真弥ちゃんは無事で家にいる。

他の人と比べると、私だけやたらキリコに狙われているような気がするけど、それはきっと私が狙われやすいからだろうな。

「それが重要な違和感じゃないことを祈るわ。気づいた時にはもう手遅れ……なんて、勘弁してほしいから」

うん、私もそうはなってほしくないから、できるだけその違和感が何かというのを突き止めたい。

明日になればすべてが終わる……そう信じたい。

「とりあえず、明日に備えてもう寝ましょう。横になってから、おかしなことが起こったら、それは夢よ。いいわね？」

「う、うん」

すでにおかしなことが起こっているけど、今日はどんな恐ろしい夢を見るのか、今から不安だった。

時計はまだ午後九時半過ぎ。

それでも、短い時間に多くの人が死に、私自身も殺されそうになって、精神的に疲れていたからか、布団の中に入ったら思いのほかはやく眠気が来た。

あれから、鏡に異変は起こらなかった。

もうすでに夢の中にいるのか、それともまだ現実の世界なのかがわからない。

「……影宮さん、寝た？」

スースーと寝息が聞こえて、返事がないことから、少なくとも眠りかけということだろう。

……どうしよう。

眠気が来たはずなのに、影宮さんに声をかけたら眠れなくなったよ。

目を閉じて、まっ暗な闇の中。

少し目を開けて見ようかなと思うけど……なんだか、怖くて目が開けられない。

もしも目を開けて、目の前にキリコがいたら……。

部屋の隅に立っていたら……。

そんなことを考えながら、ベッドの上でゴロゴロと寝返りを打つ。

眠りたいのに眠れない。

早く眠ってしまいたいのに。

身体を丸めて、枕の端をつかんでため息をついた時……影宮さんが眠っているあたりで、ゴソゴソと音が聞こえた。

布団から出て起きあがり、部屋のドアを開けたような……。

ペタペタと、廊下を歩いていく音も聞こえて、トイレに行ったのだろうと思ったけど、少し気になる。

そっと身体の向きを変えて仰向けになり、ゆっくりと目を開けてみると……。

赤い目をしたまっ白な顔が、醜悪《しゅうあく》な笑みを浮かべて私の顔をのぞきこんでいたのだ。

「ひゃあああああああああっ！」

この状況、逃げることができない！

私にできる唯一のことは、布団を頭からかぶってふるえるだけ。

だけど、布団なんかじゃガラス片で簡単に引き裂かれてしまう！

怖いけど……こうなったら逃げて、一階にいるはずの影宮さんに助けを求めるしかない！

「こ、来ないで‼」

意を決して、かぶっていた布団をキリコにかぶせるように、私は手足で布団を放り投げた。

ほんのわずかな時間でも、足どめできればいいという思いで。

だけど、キリコがいるはずの場所に放り投げた布団は、何にも引っかかる様子はなく床に落ちたのだ。

「え⁉ 何がどうなって……」

少し考えたけれど、理由なんてわからない。

ただ一つ、推測できることは……これは夢なのではないかということだった。

キリコを初めて見た日から、毎日見続けている悪夢。

その結末は、決まって私がガラス片で殺されるというもので、できれば見たくはないけど……。

とりあえず影宮さんと合流しよう。

夢の中とはいえ、ひとりでいるのは怖いから。

暗い部屋の中、影宮さんが抜けだした布団を踏み締め、開いたままになっているドアを見て、私はベッドから起きあがった。

大丈夫、私の家だもん。

怖いことなんてないはずだよ。

本当は怖いけど、近くに影宮さんがいると思うと少しだけ安心できる。

そんな気持ちで部屋を出た私は……ほんの数メートルの廊下を見て言葉を失った。

「な、何これ……」

廊下の両側に鏡が立てかけられている。美術準備室に置かれていた鏡が印象に残っていたせいかもしれない。

暗いはずなのに、その鏡面ははっきりと見えて……。

そこには、赤い数字が書かれていたのだ。

「こ、これじゃあ私、向こうに行けないじゃない！」

とてもじゃないけど、ここを通るなんてできなかった。

どうしよう、ここを通るくらいなら、部屋に戻って布団をかぶってふるえていた方がいいかな。

夢だとわかっていても、恐怖して最後に殺されるなんて嫌だし。

と、少し悩んでいた時だった。

「桐山さん、大丈夫よ。そこにキリコはいないから、おりてきて」

一階の方から聞こえたその声に、私は悩んだ。

影宮さんは今日、キリコを見ないように行動したかもしれないけど、私はもう目を合わせてしまったんだよ?

それなのに、ここを通る勇気なんてない……けど。

頭ではそう考えているものの、影宮さんの言葉がなぜか心地よくて……身体は意思に反して前に進んだ。

最初の鏡……『10』と書かれた鏡面。

それに自分の姿を映した時、そこに映ったのは、私ではないということにすぐに気づいた。

「ひっ!」

暗いけど、なぜかわかる鏡の中の人物……。

それは下顎から上がない、片桐さんの姿だった。

そうとわかったのは、切り裂かれた頭部を、大事そうに脇にかかえていたから。

私が驚いて、壁に当たると、鏡の中の片桐さんも壁に当たる。

これは……鏡が、私の姿を片桐さんに見せているのだと、そこで気づいた。

ビックリ……した。

でも、夢なら何が起こってもおかしくはない。

現実世界だったら、腰を抜かして取り乱しているところだけど、うちの廊下にこんな鏡があること自体、もう非現実的だし。

少し考えれば、非現実的なことは夢だと判断できる。

だけど……数字が『10』の鏡で片桐さんだとすると……。

チラリと見た次の鏡。

そこには『9』と書かれていて、次は誰が映るのか、容易に想像できた。

見たくはない……だけど気になる。

歩を進めて、その鏡の前に行くと……。

私の代わりに映ったのは、首から上がない咲良の姿だった。

片桐さんと同じく、大事そうに頭部をかかえて。

その姿を見た瞬間、私の目からポロッと涙がこぼれた。

あの時はキリコの存在なんて半信半疑で、まさかこんなことになるなんて思ってもみなかった。

どうすることもできなかったとはいえ、大切な友達を失って、今になってそれを実感したのだから。

「ご、ごめんね……咲良。私、頑張って終わらせるから」

悲しげな表情の咲良をこれ以上見たくなくて、私は前に進む。

次の鏡は『8』、お腹を引き裂かれた前田くん。

鏡の中に映っているのは前田くんなのに、私が鏡に映っているかのように、私と同じ動作で動くから怖い。

動くたびに、切られた部分から腸が飛び出して、ズルリと身体からこぼれ落ちるのだ。

思わずそれを受け止めようと、お腹の下に手を伸ばしても、私自身がお腹を裂かれているわけじゃないので、手には何も感じない。

……ダメだ、気持ち悪い。

はやく一階に行こう。

もう、この時点で、誰が見ても鏡の意味は理解できるだろう。

数字が書かれた鏡、そこに映る殺された人。

次の数字は『7』の成瀬くん、その次は『6』で岡田くん。

それらを見ないようにして通り過ぎ、階段に差しかかると、その途中にも鏡は立てかけられていて、そこに誰がいるかは……わかる。

おそるおそる近づいた鏡。

数字は『5』。

そして、私の代わりに鏡に映ったのは……頭部をまっぷたつに引き裂かれた樹森くんの姿だった。

うっ！と、胃から熱いものが込みあげてくるような感覚に襲われ、あわてて階段をくだりる。

だけど、そこに待っていたのはさらなる鏡。

正面から見る分には、血まみれではあるものの普通の伊達くんだけど、横を向くと不自然に後頭部が削れている。

数字は『4』で、今日はこれ以上は死んでいないはず。

残る鏡は4枚。

『3』『2』『1』はわかるけど……最後の一枚は『0』なのかな。

『0』になった時、何が起こるかわからないけど、まだ誰も死んでいないから、この先に数字は書かれていないはず。

そう思い、次の鏡の前を通り過ぎようとした時だった。

大きく『3』という数字と、そこに映る、顔が半分なくなった女子生徒の姿が映ったのだ。

「え、え!? な、なんで……誰も死んで……」

伊達くんが死んだあとは、学校で生徒同士が殺しあいをしなかったから、私は、勝手に大丈夫だと思いこんでいたのかもしれない。

だけど、一度キリコを見てしまったら、次は学校じゃなくてもいいわけで……。

校外で死ぬという可能性は、十分にあるということを思い出した。

私だって毎日殺されそうになっているのだから。

そう、そこに映っていたのは……皆川さん。

須藤くんと付き合っていて、真弥ちゃんの悪口を吹きこんだ人。

「まさか……真弥ちゃんが？」

まっ先に思ったのはそれだった。

メッセージには、殺せなかったと書いてあったけど……完全にその可能性がないわけではなかったから。

そこまで考えた時、私はハッとした。

まさか、残りの三枚の鏡も、もうすでに誰か殺されていて、その姿が映るんじゃないかと。

怖いけど、ゆっくりと次の鏡に近づいた私は、その鏡面に視線を向けた。

数字は……書かれていない。

ということはきっと、他には誰も死んでいなくて、キリコが言ったというタイムリミットまではギリギリ余裕があるということ。

「それでも、あと三人なんだよね」

私たちに残された時間は少ない。

鏡にキリコが映る様子もないし、少し安心して、鏡に映る自分の姿を見た時……私は気づいてしまった。

顔が……見えない。

いや、それだけじゃない。

私は部屋着を着ているはずなのに、鏡に映る私は制服で。

胸から上が、黒いモヤがかかったように見えなくなっていたのだ。

だけどわかる、女子生徒の制服。

これは……何？

あわてて次の鏡を見ると、今度は男子生徒の制服を着た人物。

最後の一つには……全体にモヤがかかっていて、人影だということしかわからなかった。

それが何を意味するのか……あまり考えたくはなかった。

「桐山さん、こっちよ」

廊下で立ち尽くしていた私に、影宮さんの声が聞こえた。

リビングから……。

よくわからない状況に、呆然としていた私は我に返り、あわててリビングのドアを開けた。

「な、何……これ」

リビングのドアを開けたはずなのに、そこはまっ白な部屋で、部屋のまん中には一枚の鏡。

そして、それを取り囲むようにクラスメイトたちがいて、みんな声を出さずに、ただじっと鏡を見つめていた。

その中に影宮さんと真弥ちゃん、京介の姿もある。

「ね、ねえ、これ何？　私たち、家にいたはずだよね？」

影宮さんに近づき、そうたずねてみるけど、何も言葉が返ってこない。

さっき、私を呼んだのは影宮さんだよね？

不思議には思ったものの、夢の中だし、しかもこれだけ大勢の人がいるから、少し安心することができた。

それにしても……ここはどこで、どうしてみんながいるんだろう？

首をかしげてあたりを見まわし、目を向けた中央の鏡。

みんながじっと見ているからなんだろうと思ったけど……その鏡の右上。

京介が言っていたのと同じくらいの大きさの欠損が、そこにはあったのだ。

他の鏡とは違う、マーブル模様がうごめいていると言うか、様々な色が渦巻いているような……。

ひと目で禍々しいという印象を受けるその鏡を、みんながじっと見つめているのだ。

……なんだか気持ちが悪い。

率直な感想はそれだったけど、誰ひとりとしてそれから目をそらすことはせず、私も見なければならないのかと思ってしまう。

私たちが探している鏡はこれなんだとしたら、こんな鏡が本当にあるのかな。

まさか、夢の中で見つけたらいいなんて、都合のいいことではないよね。

そんなことを考えながら、それでも鏡を見ていると……。


「鏡を……探して。欠けた鏡を……」

聞き間違えるはずもない、キリコの声が部屋に響いたのだ。

「!?」


あわてて部屋の中を見まわすけれど、どこにもキリコの姿はない。

それどころか、その声は私にしか聞こえなかったのか、他のみんなは微動だにしなかったのだ。

「……残り時間は少ない。鏡を元に戻して……それができなければ……」

と、そこまで聞こえた時。

鏡を取り囲む生徒たちが、次々と弾け飛んでいったのだ。

白い部屋はまっ赤に染まり、死の順番が迫ってくる！

「い、いやあああああっ！」

拒否するように悲鳴を上げたけど……それは届かなかった。

前にいた影宮さんが、風船が割れるかのように弾けて……。

私も、お腹の中に熱い物を感じたと思った瞬間、その血肉は部屋を染めあげる塗料のように、あたりに散らばっていた。

殺戮《さつりく》の終わり

あの夢は……なんだったんだろう。

私が目を覚ますと同時に、影宮さんも目を覚まし、驚いた様子で私を見る。

「桐山さん……鏡の夢を見たのね？」

うん。と、小さくつぶやき、私は足をベッドからおろした。

「廊下に鏡が並んでて、今まで殺された人たちが映ってた……でも、『3』の所に皆川さんがいたよ？　数字は……まだ『4』だったはずだよね？」

伊達くんが死んだあとは誰も死んではいない。

そうであってほしいという希望でしかないのだろうけど、ただでさえ限られた時間の中で、これ以上誰にも死んでほしくはなかった。

「こればかりはわからないわね。鏡に皆川さんが映ってたってことは、きっと殺されたんでしょうね。それよりも……私と桐山さんが同じ夢を見たと言うことは、他のみんなも見たと考えるべきね。あの白い部屋にいた全員が」

……そうなるのか。

欠けた鏡を探せ、それができなければ……夢みたいに、全員死んでしまうなんて……ないとは言いきれない。

「でもさ、あんな夢を見ちゃったら、私たちだけじゃなくてみんなも頑張って探してくれるかもね？　それだと助かるんだけど」

残り時間は少ない……って言ってたし、もしかすると三十年前も当時の生徒たちはこんな夢を見て、みんな必死になって探していたのかもしれない。

「すぐに学校に行くわよ。準備をしたらすぐに！」

私がのんびりと構えている一方で、影宮さんはすぐさま立ちあがり、服を着替えはじめた。

私もそれに急かされるように、あわてて着替えて学校に行く準備を始める。

鏡を見ないように歯磨きをして、髪を整えて、朝ご飯は食パン一枚。

何をそんなに急いでいるのだろうと思ってしまうほど、影宮さんは焦っている。

そして、いつもより二十分もはやく家を出た。

「ね、ねえ。影宮さんどうしてそんなに急いでるの⁉」

「あの夢を見て、桐山さんはどう思ったの？　本当にみんなが必死になって欠けた鏡を探すと思う？」

え？　どういうこと？　私はそう思っているけど、そうじゃないの？

あんな夢を見てまで、伊達くんみたいに人を殺そうとする人は、いないと思うけど……。

「私なら、探そうと思うかな」

「……そうね。私もそう思う。だけど昨日、原田先生が言っていたでしょ？　鏡を探すということとは、嫌でも鏡に近づくということよ。つまり、死の危険性が格段に跳ねあがるということ」

ついうっかり、鏡の中に映るキリコを見てしまったら。

そう考えると、私たちが探すから、何もしないでいてほしいということだと、言われて影宮さんの真意に気づいた。

いつもよりはやい時間、学校には誰もいない……はずなのに。

校舎に入り、自習室に行くと、すでに十人近くの生徒が登校していたのだ。

その中には真弥ちゃんもいて、私たちを見るとすぐに駆け寄ってきた。

「菜月ちゃん、美奈ちゃん、あの夢……見た？」

真弥ちゃんに会ったら聞こうと思っていたことを、先に言われた。

「うん……真弥ちゃん、皆川さんを殺してないよね？『3』の鏡に皆川さんがいたけど……」

「わ、私じゃない！ 昨日メッセージ送ったでしょ!? そりゃあ、あいつのことはきらいだし、殺したいとも思ったけど……」

真弥ちゃんは……そんなことをするような人じゃない。

いつも元気で明るくて、一時の気の迷いはあったかもしれないけど、本当にするとは思っていない。

「真弥ちゃん、何もやっていないならいいのよ。夢で見たなら話ははやいわ。欠けた鏡を探すのを手伝ってくれるわね？」

そう言ってほほ笑んだ影宮さんに、満面の笑みを向ける真弥ちゃん。

そして、胸ポケットから鏡を取り出して、それを影宮さんに差し出した。

「これ、返しておくね。ただの鏡で人を殺せるなんて怖いし、私には必要ないから」

笑顔で鏡を返す真弥ちゃんを見て、やっぱり皆川さんが死んだのは真弥ちゃんのせいではないんだろうなと考える。

フタを開けて、チラリと鏡面を見た影宮さんも、小さくうなずいて鏡を受け取り、それを胸ポケットに入れた。

「わかったわ。真弥ちゃんは私が守るから、一緒にいましょう。欠けた鏡を見つければ、何が起こるのかはわからないけど……探してみる価値はあるはずよ」

何だかんだ言って、このふたりは仲がよくなったよね。

見ている私も、微笑ましく思える。

「何かあった時のために、紫藤くんにはいてほしいけど……ケガをしていたから、今日は来ないかもしれないわね。私たち三人で行くしかないかしら？」

本人はたいしたケガじゃないって言ってたし、こんな状況だから遅れてでも来そうだけど。

いちおう来るかどうか、メッセージを送ってみる。

《今日学校に来るの？》

それだけ送り、スマホをポケットに入れようとした時、はやくも返事が。

《おう、今向かってるわ》

という短文だった。向かっているならあとで合流しよう。

「今、学校に向かってるって。どうする？　生徒玄関で待ってる？」

「そうね……美術準備室に行きたいから、そうすべきかしら」

京介はケンカが強いわけじゃないから、頼りになるとは言い難いけど、それでもきっと私たちを守ろうとする。

そのせいで昨日ケガをしたわけだし、今日はそんなことにならないように気をつけなければ。

男子がひとりいてくれるだけでも、心強いということに変わりはないんだから。

「そう言えば気づいたかしら？　昨日の夢に出てきた鏡なんだけど」

自習室を出て、廊下を歩いていると、影宮さんが不気味な笑みを私たちに向けてつぶやいた。

「ああ、うん。大きな鏡だったねー。あれだけの鏡ってなると……やっぱり踊り場の鏡なのかなあ？」

　真弥ちゃんも、私たちとまったく同じ夢を見ている。

　今日、登校してきたクラスメイトたちも、きっと同じ夢を見て、欠けた鏡を探さなければならないと感じているのだろう。

　そうでなければ、殺されるかもしれないのに、学校に来ようと思うはずがないから。

「私はそうだと思ってる。自習室に来る前に、踊り場で確認したもの。真弥ちゃんも桐山さんも確認してみて。ほら、あの枠が……」

　廊下を歩いて、階段に差しかかり、影宮さんが踊り場の壁に埋めこまれている鏡を指さそうと手を伸ばした先に……。

　怒りに満ちた表情の須藤くんがいたのだ。

　私たちの顔を確認するように、小さく目を横に動かして……一番左にいる真弥ちゃんに目を向けた時、その表情がさらに険しくなった。

「す、須藤く……」

「山本コラァァッ‼　テメエ、理沙を殺して満足か！　ああっ⁉」

　真弥ちゃんを見るなり、階段を駆けあがって、近づいたかと思うと制服の胸ぐらをつかんで怒鳴りつけた。

「な、何⁉　わ、私は殺してなんてない！」

その剣幕《けんまく》に圧され、顔を背けて反論するけれど……須藤くんは止まらない。

「嘘つくんじゃねえよ‼ テメエが理沙を恨んでたことくらいわかってんだよ‼ 昨日も俺たちのあとをつけやがってよ！ ふざけんな‼」

「須藤くん！ 真弥ちゃんはそんなことをするような子じゃないよ！」

私があわてて止めに入るけど、須藤くんは聞く耳を持たないといった様子。

「桐山はだまってろ‼」

そう言われ、ドンッと突き飛ばされた私は、足がもつれて床に尻餅をついた。

「……ちょっと、須藤くん。やっていいことと悪いことがあるわよ」

「うるせえ！ 陰険《いんけん》女！ じゃあ何かよ！ コイツが理沙を殺したのはいいことだとでも言うのかよ‼」

この騒ぎで、自習室にいた生徒たちが廊下に出てきた。

「今朝、理沙を迎えに行ったらよ、親に死んだって言われてよ‼ まっ先にテメエの顔が思い浮かんだぜ‼ 理沙に聞いてたけどよ、本当にお前は最低なヤツだよな‼」

怒りと悲しみ……それが涙となって須藤くんの頬を伝う。

「わ、私じゃない‼ 何を言われたか知らないけど、私は須藤くんが思ってるようなこと、何もしてないよ！」

真弥ちゃんの目からも涙があふれる。

そうだよね……。

好きな人に避けられて、言いがかりできらわれて、そして人を殺したなんて疑われたら……涙くらい出るよね。

だけど、そんな涙を須藤くんはどう思ったのだろう。

少なくとも私には届いた。

だけど……。

「……理沙が言ってたとおりだぜ。都合が悪くなったら嘘泣きしやがってよ!!　理沙の苦しみをお前も味わえよ!!」

須藤くんは真弥ちゃんを強引に階段の方に歩かせて……投げ捨てるかのように、最上段から突き落としたのだ。

ゴロゴロと音を立て、階段を転がり落ちる真弥ちゃん。

踊り場に打ちつけられるような音がして、あわてて駆け寄った私が見たものは……。

痛みに震え、倒れた真弥ちゃんの視線の先にあった鏡。

その中にいる、ガラス片を構えたキリコの姿だった。

階段から突き落とされたショックで、何がなんだかわからず鏡を見てしまったのだろう。

鏡の中の何かが大きくガラス片を振りかぶり、勢いよく屈んだのだ。

「ま、真弥ちゃん!!　逃げ……」

　手を伸ばした私の目の前で……。

　ゴッッと頭部が床に打ちつけられる音が聞こえて……。

　真弥ちゃんの頭部から、血が流れだしたのだ。

　届かなかった……私の手も、声も思いも。

　真弥ちゃんは何もしてないのに……それなのに！

「お前みたいなクズは死ねばいいんだよ!!　死んで理沙に詫《わ》びろ!!」

　須藤くんが吐き捨てたその言葉に、私は振り返って拳を握り締めた。

「真弥ちゃんが……真弥ちゃんが何を……！」

　湧きあがった悲しみと怒り。

　どうしようもない怒りと悲しみをぶつけようとしたその時だった。

　ドンッ!!と、須藤くんに身体を預けるように体当たりをした影宮さんが、すばやく胸ポケットから鏡を取り出して、それを須藤くんの顔に突きつけたのだ。

「見なさい!!　これは真弥ちゃんが昨日一日持っていた鏡よ!!　どこに数字が書いてあるって言うの!!」

「そんなの知るかよ！　どうせあの女が、他の鏡を持ってたんだろ！　そんな鏡、どこにでもあるからな！」

影宮さんが突きつけた鏡を払い除け、須藤くんが反論をする。

でも影宮さんは須藤くんをにらみつけて、再び鏡を突きつける。

「私の友達を殺しておいて……絶対に許さない！　アンタなんか死ねばいいのよ!!」

こんなに感情を爆発させる影宮さんなんて初めて見た。

何度払いのけられても、鬼気迫る表情で鏡を向ける。

「なんだよ……なんなんだよお前は!!　殺したのは幽霊だろうが！　俺が殺したわけじゃねえだろ!!」

「だったら皆川さんを殺したのは幽霊でしょ!!　真弥ちゃんじゃ……ないでしょ!!」

「くっ!!　そんな屁理屈《へりくつ》が……」

もう、須藤くんが反論しても苦しいだけだ。

自分が言った言葉が、完全に自分に返っていたから。

何も言えなくなった須藤くんに、さらに鏡を突きつける影宮さん。

すると……須藤くんの顔が見る見る引きつっていく。

「お、おい……やめろ……俺に鏡を向けるな!!　幽霊が見えただろうが!!」

「やめないわよ!!　あなたこそ、死んで真弥ちゃんに詫びなさい!!」

そう言って、弾かれた鏡を再び須藤くんに向けた影宮さん。

その叫びにキリコが応えるように、私たちには見えないガラス片が須藤くんの眉間に突き刺さった。

「あ……」

小さくそうつぶやいた須藤くんが、力なく崩れ落ちる。

だけど、見えないガラス片に磔《はりつけ》にされるように、宙に座っているような体勢で動きを止めた。

須藤くんの抵抗を、私よりも小さな身体で制し続けた影宮さんの疲労は、目に見えてわかる。

自分がしたことの重大さにようやく気づいたのか、鏡を構えたまま、ゆっくりと後退して腕をさげた。

それと同時に、須藤くんの眉間から頭頂部にかけて傷口が広がっていく。

そして頭部が裂けて、糸の切れた操り人形のように、力なく床に倒れこんだ。

「お、おい……もうふたりも死んだのかよ……」

「は、はやく鏡を探さなきゃまずいんじゃないの⁉」

自習室から出てきた野次馬の生徒たちが、真弥ちゃんと須藤くんの遺体を見て騒ぎはじめた。

ここ数日で、ずいぶん人が死んだ。

だから、感覚が麻痺《まひ》しはじめているのだろう。

人が死ぬということはどこか他人事で、でも自分が死ぬのは嫌だとはっきり言える。

「は、はやく鏡を探せ！」

「鏡を見つけたらどうすればいいの⁉」

そんな思いがあふれだしたのか、生徒たちが口々に叫んで廊下を走っていった。

「うぅ……真弥ちゃん……」

ポロリと鏡を床に落として、その場に座りこんだ影宮さん。

最初は苦手だなんて言ってたのに、本当は友達ができて嬉しかったのだろう。

真弥ちゃんが殺されて、須藤くんが死んで、言いようのない虚しさを感じる。

私は、咲良や樹森くんが死んでも、なんだか現実味がなくて、まだ、死んだなんて思えない。

それは、真弥ちゃんに対しても同じことだった。

頭部を刺されて死んだ。

それは、現実に起こっているとはとても思えなくて。

「影宮さん……行こう。もうみんな鏡を探しに行っちゃったし、はやくしないと……」

「真弥ちゃんが殺されたのに……！」

悲しんでいないと思われたのか、にらみつけるような視線を私に向けた。

私だって悲しくないわけじゃないよ。

だけど、あとひとり殺される前に、欠けた鏡を見つけなければならないんだよ。

そうしなければ……真弥ちゃんは無駄に死んだことになってしまうじゃない。

「私、美術準備室に行く。昨日の夢に出た鏡は……あの鏡だったよね？」

実感はわかないのに、ポッカリと心に穴が空いたような感覚に、押し出されるようにして涙がこぼれた。

涙をぬぐって、真弥ちゃんの遺体の横を通り、階段を駆けおりる。

影宮さんが、悲しみに潰されて動けないと言うのなら、私だけでも鏡を探さないと。

「京介、もう来てるかな」

いろんな感情が、ぐっちゃぐちゃにかき混ぜられているかのように、私の心の中で暴れている。

怒り、悲しみ、恐怖……どれが一番強いのかもわからないまま、私は走った。

階段をおり、廊下を走って生徒玄関に。

「ん？　おう。迎えにきてくれたのか？　そこまでひどいケガじゃねえから大丈夫なのによ」

京介が、ちょうど靴を履き替えようとしている所で、何も知らずに笑顔で私に手を挙げる。

「真弥ちゃんが……死んだよ」

口に出したくなかった言葉。

認めさえしなければ、死んだことにはならないとでも言うように、さっき押しださ
れた涙が、今度はせきを切ったかのようにボロボロとあふれ出した。

「お、おい……菜月」

とつぜん泣きだした私に驚いたのか、あわてて、足を引きずりながら近づいてくる。

「私、はやく終わらせたい。もう失いたくないよ、誰も……」

そう言った私に、京介は手を伸ばして、私の頭を軽くなでた。

「大丈夫だ。俺がいるからよ。さっさと終わらせようぜ。な?」

ポンポンと頭を叩いて、不安などなさそうな笑顔を私に向ける。

昨日、ケガまでしたのに……真弥ちゃんと須藤くんが死んで、次は私か京介が死ぬ
かもしれないのに。

楽観的とも思えるその言動は、普段なら怒るけど……なぜか今は安心できる。

「うん……今から美術準備室に行くから……」

と、私が京介にそう言った時だった。

「なんでまた生徒が!　この学校は呪われてるのか!?」

「どうしてこんな時に登校してくるんですか!?」

廊下の奥から、バタバタと慌ただしい足音を立てて、先生たちが走ってくる。

京介があわてて私をかばうようにして、廊下の脇に移動させた。

「お、お前たち！　今日はもう帰りなさい！　いいな、すぐに帰るんだ！」

立ち止まりもせずに、私たちにそう言って、先生たちは走り去っていった。

ふたりが死んだことを、生徒の誰かが伝えにいったのだろう。

「美術準備室に行こう。あの鏡の中に、欠けた鏡があるかもしれないから」

あくまでも可能性だけど、夢の中の鏡は、階段の踊り場と同じだったから、そうとしか思えなくなっていた。

先生たちとは逆方向に、ふたりで走って別棟の階段を駆けあがる。

踊り場には例の鏡。

チラリと見て、欠けていないか確認はするけど、ここは昨日すでに調べ終わっている。

「でもよ、マジか須藤の野郎。皆川が死んだのを、山本のせいにするなんてよ」

「うん……真弥ちゃんはやってないって言ってたからそれを信じたいよ。須藤くんは……怒りのやり場がなくて、真弥ちゃんに向けたのかな」

京介が来るまでに起こったことを話しながら、美術準備室に向かう。

足をかばいながらでも、私と同じくらいの速度で走れるなんて、なんだか悔しい。

そして、やって来た三階。

この一番奥の美術準備室に、欠けた鏡がある。そう信じたい。

そう願って飛び出した廊下。

そんな私の目に飛びこんできたのは……廊下を歩いている原田先生のうしろ姿だった。

「お？　原田じゃねえか。あ！　準備室のガラス割ったことを知られたら、まずいかな……」

ボソボソと、私にしか聞こえないくらい小さな声でつぶやいて、頭をボリボリとかく京介。

……なんだろう。

また違和感がある。

何かおかしいと、今はっきりと感じる。

昨日も感じたけど、答えが出せなかった違和感を。

「なんか……変だよ」

私の勘なんてあてにならないし、テストでだって、二択を外すこともよくあるから。

だけど、昨日からの違和感が、今、ようやくわかったような気がする。

「何が変なんだよ？　あ、原田の横分けが今日は左右逆に……」

と、本気か冗談かわからないようなことを、指さして途中まで言った時だった。

「ハァ……ハァ……追いついたわ」
息を切らせて、階段を駆けあがってきた影宮さんが、私と京介の背中に手を当てて
そうつぶやいたのだ。
「か、影宮さん⁉」
真弥ちゃんを失って、悲しみで何もできなくなっていたと思っていた。
私が行くと言っても動かなかったし、私と京介だけで探すしかないと。
「あの……さっきはごめんなさい。友達が殺されて悲しくて……でも、もう取り乱し
たりしないわ」
そう言ってうつむいたあと、小さく「桐山さんまで失いたくないもの」という声が
聞こえた。
「あ、ありがとう影宮さん。でも、ふたりともちょっと隠れて」
不思議そうに首をかしげた影宮さんと京介の手を取り、私は一番近くにあった教室
の中に入った。
「お、おい、どうしたんだよ一体。美術準備室に行くんじゃねえのか？　それならつ
いでによ、原田にも声をかければ……」
廊下を指さして、そう言った京介に、私は首を横に振った。
「何かおかしいと思ってたの。だって考えてみてよ。他の先生たちは真弥ちゃんたち

の方に走っていったのに、どうして原田先生はここにいるの？」

「……まだなんとも言えないけど、『おかしいと思ってた』ってことは、他にも不思議に思うことがあるんでしょ？」

影宮さんの質問にはうなずいて。

昨日、樹森くんが踊り場で殺された時、先生は私たちを見て驚いていた。

驚いたことを不思議とは思わない。

樹森くんを殺したのが私たちだと思っていただろうし、警戒するのは当然だろうから。

だけど……。

「原田先生はどうして、階段の踊り場にいたのかな」

違和感はそれだった。

自習室でふたり死んだ。

そのあと生徒は自習室から逃げだして、ここに私たちがいるとは知らないはずだし、他の先生とは会っていないはずなのに。

どうして美術教師でもない原田先生がここに？

「そりゃあ……なんでだ？　なんとなく気分で？」

「そう言われれば不可解ね。それに……見て、原田先生が消えたわ。階段をおりたかどこかの教室に入ったわね」

私たちがいることに気づいたのか、廊下を確認してみると、もう原田先生の姿はない。

「まあ、原田先生の行動は不可解だけど、私たちがやることに変わりはないわ。美術準備室に行って、鏡を調べましょう」

怪しいけど、実際に人を殺しているのはキリコで……原田先生じゃないから。

「うん、そうだね」

きっと偶然が重なって、ここにいたんだと思いたい。

「よし、行くか」

京介に背中を叩かれて、私たちは廊下に出た。

一番奥の美術準備室。

そこに欠けた鏡がある……なんていうのは私の思いこみで、もしかするとないのかもしない。

それがわからないから、私たちは向かっているんだ。

いつもと変わらないはずの廊下。

それなのに、足取りは重い。

キリコがすぐ近くにいるようで、悪寒を……不気味さを感じる。

目の錯覚か、美術準備室から禍々しい気配が漂っているのが見えるよう。

物事を悪いようにしか捉えられない。
言葉をひと言も発さずに近づいた美術準備室。
そのドアが完全に閉まり切っていなくて、少しだけ開いている。
それは、十中八九原田先生が中にいるということを示していた。
――ゴトッ……。
何かの音が中から聞こえた。
床を伝わる振動。
そんなに激しくはないけど、たしかに感じる。
ちょっとした重量の物を床に置いたような。
「……待ってろ、俺が様子を見てみるからよ」
京介が、手をこちらに向けて私たちを止める。
ゆっくりとドアに近づき、昨日ガラスを割った所からそっと中をのぞきこんだ。
「桐山さん、私たちも見ましょ。紫藤くんの反応だけじゃ、わからないわ」
京介がわざわざ私たちを止めて、ひとりで見にいったのに……。
足音を立てずに京介の背後に近寄り、私たちもそっと中をのぞきこんだ。
「……誰だ、一箇所に固めて置いたのは。手間かけさせやがって」
原田先生はブツブツとつぶやきながら、昨日、京介が片付けた鏡を元に戻していたのだ。

「何してんだ？　鏡の位置に何か意味でもあるのかよ……」

「どうかしらね。何かこだわりがあるのかしら」

と、影宮さんが京介の顔の近くでささやいた瞬間。

「うわっ！　ビックリさせんなよ！」

それに京介は驚いて声をあげたのだ。

「⁉　誰かいるのか！」

美術準備室の中にいた原田先生が、京介の大きな声に気づいて振り返った。

……まあ、そうなるよね。

この中で何をしていたのか。

ただ鏡を元に戻しているだけのように見えるけど。

「いや、紫藤だけど。先生はこんな所で何してんの？」

京介の質問に、視線を泳がせてわかりやすく動揺しはじめる原田先生。

「ああ……いやな、鏡を元の位置に戻そうとしていただけなんだが……」

その答えは間違ってはいないだろう。

だけど、なぜ今、そんなことをしなければならないのか。

「……生徒がふたり死んだのに、原田先生はあわてもせずに鏡の整理ですか？」

何か……嫌な感じがする。

私が言ったその言葉に、原田先生はどういう反応を示すのか。

「……ここに来たということは、欠けた鏡を探しにきたんだな。入ってきなさい。先生もそれを探しにきたんだ」

予想よりもおだやかな声で、私たちにそう返事をした。

何か、秘密があるんじゃないかと思っただけに、意外だったその言葉。

影宮さんと顔を見あわせて、私は小さくうなずいた。

不信感が完全にぬぐえないまま、私はふたりとともに室内へと足を踏み入れた。

どうして昨日ここの鏡を調べなかったのか……。

生徒が消える美術準備室という怪談の手がかりをつかむために調べたあとに、欠けた鏡の話が出たから、調べたつもりになっていたんだろうな。

あとで気づくというのはよくあることだ。

「先生の本心を言うと、ここは鏡が多い。生徒に調べさせたくはなかったから、ひとりで調べようとしたんだが……まさか来てしまうとは」

一枚一枚、鏡を並べるように立てかけて、先生が話しはじめる。

「俺たちも欠けた鏡を探してるんだから仕方ねえだろ。それに、これだけの鏡なんだからよ、手分けした方がはやく終わるだろ」

自分が重ねた鏡を、元の位置に戻すのを手伝う京介。

その光景は普通……と言いたい所だけど、やはり違和感がある。

それは影宮さんも感じているようで、キョロキョロとあたりを見まわしていた。

「桐山さん、不思議じゃない？　鏡を調べるだけなら、わざわざ並べて棚に立てかける必要なんてないと思わない？」

私が感じていた違和感は、まさにそれだった。

白い布がかぶせられた鏡。

それを丁寧に一枚ずつ並べている意味がわからないから。

鏡が元の位置に戻った。

せまい美術準備室に、正面に一枚と左右に五枚ずつ。

正面にあるのは、鏡面がなく枠だけのものだというのはわかっているけど、それも白い布がかけられていて。

「よし、じゃあ始めようか」

きれいに並んだ鏡にかかる、白い布をつかんで、原田先生が一気にそれを引いた。

不意を突かれたのは京介。

あわてて腕で視界を隠し、顔を背ける。

「せ、先生！　何やってんだよ！　そんな取り方したら、幽霊に襲われるだろ！」

そんな言葉には耳も貸さずに、先生は次々と布を取っていく。

「何か変よ、桐山さん！」

「そんなの見ればわかるよ！」

見ればわかる……だけど、原田先生がなぜそんなことをするのかが、わからない。

そして……わからないまま、すべての布が取り払われた。

十枚の鏡。

それに書かれた赤い数字。

昨日見た夢を思い出して、私は気づいてしまった。

『3』の次の鏡には、女子生徒が、その次は男子生徒。

それは、真弥ちゃんと須藤くんが死ぬということを予知していたんじゃないかと。

そして、最後の鏡は、男子か女子かすらわからなかった。

でも、あとひとりは確実に死んでしまうということなの？

「困るんだよなあ。三十年前もみんな必死に欠けた鏡なんて探してさ。今回もそうだ」

一転、眉間にシワを寄せた険しい表情で、フウッとため息をついた原田先生。

「な、何を言ってるんですか？　原田先生……困るって」

言いようのない強い不安が私を襲う。

「困るんだよ……今になってあいつに出てこられちゃあ。まさか死ぬだけじゃなく、鏡の中の幽霊になってるなんて思わないじゃないか」

原田先生が言ってることがわからない。

だけど、話の内容から、ある程度は推測できる。

「まさか先生……人を殺したの？」

影宮さんがたずねると、原田先生はにらみつけるような視線を向けた。

「俺は殺していない！　あいつが勝手に転んで鏡に突っ込んだんだ！　……次の日に見に来たら、死体も割れた鏡も消えてたよ。誰かがあいつがここに入るのを見たんだろうな。〝生徒が消える美術準備室〟なんて怪談ができたのは」

あいつって……もしかして鏡の中のキリコ？

原田先生の話が本当なら、ここで誰かが死んで、鏡の中の幽霊になった……。

そんなことが起こるなんて信じられないけど、実際に鏡の中のキリコは存在しているわけで。

そして、そんなことを話すということは……。

「一つだけ教えておいてあげようか。みんなが探している欠けた鏡なんてものは存在しないんだよ。なぜなら、あいつが突っ込んで割った鏡こそが、その欠けた鏡で……今は枠だけになってるんだからな」

そう言って原田先生が指さした先にある、鏡の枠。

壁に立てかけられ、ポッカリと空いている空間が、雰囲気と相まって不気味さを醸しだしている。

「わけわかんねえ！　だったらなんで、俺たちと一緒に欠けた鏡を探したんだよ！　最初からそう言えばいいだろ！」

鏡に囲まれた中で、京介が原田先生につかみかかる。

でも、原田先生はあっさりとその腕を振りほどき、私たちの方に京介を突き飛ばしたのだ。

「三十年前、ありもしない欠けた鏡を探して、みんな学校中を駆け回っていたよ。けっきょく見つからなかったようだが、それでもこの事態は収まったんだよ。何もしなくても、時間が来ればね」

キリコをおそれていないのか、数字が書かれた鏡をなでてニヤリと笑った。

時間が来れば……それはつまり、数字の数だけ人が死ねばって終わるってことなの？　欠けた鏡はなくて、それでも一緒に探すフリをしたのは……生徒たちが勝手に死ぬのを待っていたから？

先生の言葉に、影宮さんの身体がふるえる。

怒りがそうさせているのか、原田先生をにらみつけて、グッと拳を握り締めていた。

「生徒を助けもせずに……人が死んだのに、生徒が登校できるように仕組んだのも先生ね。死ぬ人がいなかったら、先生が死ぬかもしれないから。そうでしょ⁉」

影宮さんがそう言った時、私は先生の言葉を思い出した。

鏡を探すということは、鏡を見るということで、キリコに殺される確率があがる。

先生は、それを懸念していたわけではなく、そうなることを望んでいたのか。

「伊達がうまい具合に恐怖をばら撒いてくれたから、今回は早く終わったな。困るだろう？　万が一、あの時消えたあいつの死体が、今になって現れでもしたら。幽霊の頼み事なんて、聞かない方がいいんだよ。必要なだけ死ねば、この騒動も終わる。原因がわからないままね。この鏡は三十年前に生徒たちが死んで数字が書かれたものだ。誰かがここに辿り着いたとしても、こうやって鏡を並べておけば勝手にあいつが殺してくれる。誰も真実になんて辿りつけずに」

「死体が現れるかも、なんて可能性のために、真弥ちゃんは殺されたの⁉　真弥ちゃんだけじゃない！　他の生徒も！　そんなことのために死んだっていうの！」

胸ポケットから鏡を取り出して、怒りに任せてそれを原田先生に向ける影宮さん。

だけど……。

先生がうしろに隠し持っていたナイフが……影宮さんの腹部に突き刺さった。

「え？」

影宮さんの、鏡を持った腕をつかみ、身体を引きよせて。

左の脇腹に、銀色の刃が突き刺さったのだ。

「お、おい……嘘だろ⁉　何してんだ原田ぁぁぁっ‼」

「か、影宮さん！」

ズルリと脇腹からナイフの刃が抜け、影宮さんが膝から崩れおちる。

「こんなふうに殺しても、すべてあいつのせいになる。そして、動けなくなった人間は……」

脇腹を押さえて、床の上で悶える影宮さんに、先生のさらなる一手が迫る。

倒れた影宮さんを無理やり起こして、立てかけた鏡に向かい合わせたのだ。

「ほら、あいつが迎えにきてるぞ」

鏡の前で、きつく目をつぶった影宮さんのまぶたを指で開かせた原田先生。

「あ、ああっ‼」

ビクッと身体を震わせる様子で、その鏡の中に、キリコの姿を見てしまったのだと判断した。

まずい！　こんなに鏡に囲まれた中で動けなかったら……。

「影宮さん！　逃げて！」

鏡を見ないようにあわてて駆け寄ったけど……私の目の前で、影宮さんの身体からまっ赤な血が噴きだしたのだ。

助けたいと、死なせたくないと願ったのに……。
頭部にも何かが突き刺さったような跡ができて、影宮さんはその動きを止めた。
……なんで。
どうして影宮さんが殺されなきゃならないの？
先生に鏡を向けて、キリコを見せようとしてはいたけど……。
先生は、何かあったら人を殺すつもりで、ナイフを持ち歩いていたの？
「原田先生……どうして影宮さんを！　それでも……」
怒りを爆発させて、にらみつけようと、視線を先生に向けようとした時だった。
先生の背後、欠けた鏡の枠……。
そこに、鏡面とは違う、マーブル模様の歪みが見えたのだ。
何……あれ。
夢の中で見たのと同じ物がそこにある。
そして……その奇妙な歪みの右側は三角形に欠けていた。
「おい！　菜月っ‼」
背後からかけられた声に、私はハッと我に返った。
その瞬間、私の目に映ったのは、先生がナイフを振りおろそうとしている光景。
あ……ダメだ。

殺される。

よけることができないと、あきらめかけたその時。

グッと襟をうしろに引かれて、私の目の前をナイフが通り過ぎたのだ。

「何をボサッとしてんだよ！　刃物を持ってるヤツの前で……」

私を引き寄せて、そう言った京介もアレに気づいたようだ。

「な、なんだありゃあ……」

そう言われても、私にもわからない。

夢で見たあの鏡が、ここにあるということしか。

それは私たちが探していた物だったけれど、これをどうすればいいのかはさっぱりわからない。

「あれを壊せばいいのかな……」

そう言いはしたものの、壊すことなんてできるのだろうか。

よく見れば、向こう側が透けて見えている。

本当にそこに存在しているかさえわからないのだから。

「何をブツブツ言ってる。さあ、お前たちもここで死ぬんだよ。俺じゃなく、あいつに殺されるんだ。来てるのがわかるだろ？」

物すごくおだやかな表情で、私たちに笑顔を向ける原田先生。

「おい、ヤバイぞこりゃ。一旦逃げるぞ！」

「ダメ！　ここで逃げたら……これ以上あれに近づけなくなる！」

私の腕を引っぱって逃げようとする京介の手を振り払い、原田先生はまだ変化に気づいていない鏡に目を向けた。

「……桐山、なぜ紫藤が言うように逃げないんだ？　逃げて他の先生に助けを求めないのか？　まあ、何を言ったところで、誰もお前たちの話なんて信じないだろうがな」

そう言って、原田先生が私たちにナイフを向けた時……あの声が聞こえた。

「……私を見て」

「……私を見て」

いつものような、空耳のような声じゃない。

はっきりと、部屋のどこからか発しているような大きさだ。

「……なんだ？　誰か他にいるのか？」

突然聞こえたその声に、原田先生が驚いた様子であたりを見まわす。

「何……なんなの？」

原田先生の両側に並ぶ鏡。

キリコがここにいるのはわかるけど……何か変だ。

「……私を見て」

「……私を見て」

「私を見て」

「私を」

「私を」

「見て」

「私を」

「見て」

「見て」

「見て」

「見て」

「私を」

「私を」

原田先生が見まわして、鏡に目を向けると、キリコはいつもと違う動きを見せる。

いつも私たちを、待ち構えているかのようにそこにたたずんでいるのに、原田先生が見る直前に、自分の姿を見られないように別の鏡へと移動しているのだ。

「だ、誰だ！　隠れてないで姿を……」

キリコの声が、先生の余裕を削り取っていく。

そして、部屋の中を見まわしているうちに……欠けた鏡に気づいたようだ。

「……な、なんだこれは。この鏡は壊れたはずだろ……」

三十年前に、先生が『あいつ』と呼ぶ人が突っ込んで、壊したという鏡。

それが今、目の前にあるのだから、驚くのも無理はないのだろうけど。

「……なんのいたずらだこれは。そうか、わかったぞ。お前たちが俺を陥《おとしい》れるためにこんなことをしたんだな？　智奈美《ちなみ》はどこだ!!　どこにいる!?　声は聞こえているんだ！」

あるはずのない鏡が目の前にあり、聞こえないはずの声が聞こえた。

それは、先生に強いストレスを与えたのだろう。普段の先生とは違った様子で取り乱している。

「は、はぁ!?　わけわかんねぇこと言ってんじゃねぇよ!!　枠だけしかなかったのを見てただろ！」

それに……智奈美って。

もしかして、欠けた鏡に突っ込んだ人の名前が智奈美で、キリコの正体……。

「うるさい！　お前のようなクズに、俺の人生をめちゃくちゃにされてたまるか！　智奈美！　どこにいる！　出てこい！」

半狂乱で騒ぐ原田先生の背後を取るように、鏡の中でキリコが移動を続ける。

そして……。

「お前たち、智奈美はどこだ！　言わないと殺すぞ！」

原田先生とキリコの間に過去に何があったのかはわからないけど、それが原田先生を精神的に追い詰めたのだろう。

顔をしかめてナイフを振りあげた原田先生。

その背後で欠けた鏡の中にキリコが映り……いつも持っていたガラス片を、自らの手で鏡の右上にはめこんだのだ。

瞬間、キリコの姿は消え、鏡のマーブル模様が濃くなった。

透き通って壁が見えていたほど薄かったのに、今はそれも見えないほどに。

禍々しい気配が……冷気が、一気に放流されたように室内にあふれた。

その空気が肌をなでるだけで、皮膚の表面が切り刻まれそうな錯覚に陥る。

「私を見て……私を……見て！」

鏡から聞こえたその声に、原田先生が驚き振り返る。

「な、なんだ……そこにいるんだな！　智奈美！」

ナイフを構えて、原田先生は鏡に近づくと思ったのに……。

急に私たちに接近したと思ったら、私の制服の胸もとをつかんで、強引に引き寄せたのだ。

「菜月！」

「おっと、近づくなよ紫藤。桐山を死なせたくなければな」

喉もとにナイフを突きつけられ、身動きが取れなくなった私を、原田先生は鏡の方に押しだした。

「桐山、智奈美に出てこいと言うんだ。そこにいるのはわかってるんだよ！」

首根っこを押さえられ、グッと鏡に突きつけられた。

すると……鏡面から、私に向かって何かが伸びてきた。

「ひ、ひっ‼　な、何これ‼」

それが私に触れて、身体の表面を這うように広がっていく。

「な、なんだこれは……ひっ！　来るな！」

鏡の突然の変化に驚いた原田先生が、私の首から手を放して後退する。

「あ、ああっ！　た、助けて、京介‼」

ねっとりと絡みつく、鏡から伸びる触手のような物が、私を鏡の中に引きずりこもうと引っぱる。

藁《わら》にもすがる思いでうしろに手を伸ばして、手に触れた物を握り、力いっぱい引き寄せた。

「は、放せ！　俺を巻きこむな！」

私がつかんだのは……原田先生の服の袖。

その手は……ナイフが握られていない方の手だ！

私を引き離すためなら、ナイフを突き立てかねない！

そう思った瞬間。

「菜月！　ふざけんな原田!!」

ドンッという音とともに、腕をつかんでいた手に抵抗がなくなった。

そして、私の目の前に振りおろされたナイフが、鏡から伸びる何かを切断して……

原田先生が、私と鏡の間に、よろめきながら割って入ったのだ。

「う、うわあああああっ!!　や、やめろ！　た、助けてくれっ!!」

私にまとわりついていた物が、原田先生に移るようにまとわりつきはじめる。

「菜月を放しやがれ!!」

京介が私の身体に腕を回して、グイッと後方に引っぱった。

プチプチと音を立てて、鏡から伸びてきたものが私の身体から引き剥がされる感覚がする。

これは……冷たくて怖い、死の恐怖がそのまま伝わってくるかのような、存在してはならない物。

そう思えたから、自分では引き剥がせないこれを、京介に引き剥がしてもらえてよかった。

「た、助けてくれっ‼ 頼む！ なんでもする！ そ、そうだ！ 俺の授業の成績を最高評価にしてやるから！」

逃れた……と、安心した私の手を、今度は原田先生がつかむ。

しかも、なんて都合のいいことを言ってるんだろう。

「じゃあ……みんなを生き返らせてよ！ 咲良を！ 影宮さんを！ みんな生き返らせてよ！」

あまりに身勝手な原田先生に、私はそう言ってにらみつけた。

「で……できるわけがないだろ！ いいからはやく！ はやく俺を！」

鏡の枠と私の腕に必死にしがみついて叫ぶ。

「私を……見て」

その直後聞こえた声。

鏡の中からのその声に、私は思わず原田先生のうしろにある鏡に視線を向けた。

「原田くん……私を見てよ！」

白い顔に黒い髪。

赤い目をしたキリコ……智奈美が、鏡の中から手を伸ばして、原田先生の身体にしがみついたのだ。

「う、うわあああああっ！　智奈美っ！　放せ！　放せよ！」

白い顔が肩越しにのぞきこんできて、原田先生はパニック状態。

必死の抵抗も虚しく、キリコに鏡の中に引きずりこまれていく。

でもそれは、先生に腕をつかまれている私も同じことで。

すさまじい力に、京介とふたりがかりでも引きずられてしまう。

「今度こそ私を……私だけを見て。他の子を見ないで！」

さらに力がこめられる。

このままでは、私も京介も一緒に、鏡の中に……。

「お前が俺に付きまとっていただけだろうが！　自分で転んで死んで！　幽霊になってもまだ付きまとうのか！」

こんな時になんだけど……なんとなく話が見えてきた。

キリコはずっと原田先生を求めていて、この機会を待っていたんだ。

「少しだけ……ひとりで踏ん張れるか？」

ひとりで⁉

ふたりででも引きずられるのに、ひとりでなんて！

そうは思ったけど、このままふたりとも引っぱりこまれるなら、京介だけでも助かった方がいい。

私の耳もとでそうささやいた京介に小さくうなずき、身を低くして足に力をこめた。

京介の手が離れる。

と、同時にぐいっと引っぱられる私の身体。

原田先生の身体が完全に鏡の中に引きこまれて、私も鏡に急接近する！

もうダメだ！

そう思った時。

「テメェひとりで行きやがれ‼」

京介が……原田先生が落としたナイフを拾い、私をつかんでいる腕に刺したのだ。

その瞬間、原田先生の手の力が弱まり、私から離れた。

鏡に……触れる。

ギリギリだった。

「おっと、菜月は行くんじゃねぇよ」

鏡面まで数センチという所で、京介に抱きかかえられて、私は動きを止めることができたのだ。

だけど……これはどういうことなのか。

鏡の中に原田先生とキリコの姿が見えて、鏡面から出ていた触手のような物が鏡に戻っていく。

そしてそれが、完全になくなったと同時に、鏡面のマーブル模様がなくなり、一枚の鏡へと姿を変えたのだ。

私と京介、その背後には影宮さんの遺体と原田先生、さらに原田先生にしがみつくキリコの姿。

そんな中、鏡の中のキリコが、ゆっくりと口を開きはじめた。

「鏡を……壊して」

それは私にあてられたメッセージ。

キリコは原田先生を引きずりこんで、目的を果たせたのか……満足気な不気味な笑顔でそう言った。

壊してって……どうすればいいんだろう。

鏡面をさわってみると、普通の鏡と同じようにかたくて冷たい。

「京介、鏡を壊そう！　キリコはそれを望んでる！　そのために、私たちに欠けた鏡を探させたんだよ！」

もしも原田先生がいなければ、こんな結果にはならなかったかもしれない。

キリコが求めていた原田先生を手に入れて、満足できたからそう言っただけ。

「お、おう……じゃあ俺がやる！　離れてろ！」

そう言って私を壁際に寄せた京介は、鏡をグッとつかんで、そして……。

「や、やめてくれ――――っ!!」

最後に、原田先生が鏡の中からこちらに手を伸ばして叫んでいるのを見て……鏡は、床に叩きつけられた。

割れた鏡が飛び散り……もともと存在しなかった物だからか、破片が黒い煙となって消えていく。

それと同時に、並べられた鏡に書かれていた赤い数字も、洗い流されたかのように消えて……。

禍々しい気配と冷気もなくなり、元の美術準備室に戻ったのだ。

三十年前起こった事故。

それが発端となって、多くの生徒の命を奪った騒動が、やっと終わったんだと、私は冷たくなった影宮さんの頬に手を当てて涙を流した。

悲しみのあと

『鏡の中のキリコ』


学校の怪談の一つが現実の物となり、私たちを恐怖のどん底に叩き落とした事件。

キリコ……智奈美が三十年前に美術準備室で鏡に突っ込んで死に、鏡の中で幽霊として原田先生をずっと待っていた。

だけど、本当にあれは幽霊だったのかな？

咲良、影宮さん、真弥ちゃんのお通夜やお葬式に出るので忙しく、しばらくは考えるヒマもなかったけど、あれから一週間も経って少し落ち着いたら、考える時間が作れるようになった。

これは私の予想だけど、美術準備室には、他の鏡が取り外される前から、あの鏡はあったのではないだろうか。

つまり……智奈美が死ぬ前から、あの鏡には何か特別な力があったのかもしれない。その力と智奈美の想いが相まって、キリコという幽霊を生みだしたんじゃないかな。いろいろ考えるけど、もう鏡はないし、京介があれを破壊した時に、枠も壊れたから詳しいことは何もわからない。

智奈美もまた、原田先生のようにあの鏡に囚われただけなのかもしれないと、私は思うようになっていた。

そして、さらに一週間が経った。

クラスメイトたちの半分は、精神的にやられてしまい、まだ登校することができないようだった。

私もまだ、鏡を見るのが怖い。

部屋のテーブルの上に置かれた鏡は伏せられたままだし、歯磨きや洗顔の時も、極力見ないようにしている。

そんな私でも、影宮さんに渡された鏡はずっと持ち歩いていた。

ないとは思うけど、また同じことが起こった場合に備えて。

そして、借りたまま影宮さんの形見となってしまったから。

あまり話さなかったけど、あの事件を一緒に駆け抜けて、短期間でものすごく仲よくなれた。

これから先、そんな友達が現れるかはわからないけど、忘れたくなかったから。

真弥ちゃんも影宮さんも……樹森くんだって、行動をともにした仲間だから。

そんなことを考えながら身支度を整えて、通学路を歩く。

いつもと変わらない町並み、変わらない朝の空気。

変わったのは、私の友達が少なくなってしまったこと……。

学校生活で、一緒に笑いあえる人が少なくなってしまったことかな。

「おはよう、菜月。なーに暗い顔してんの？」

ポンッと、肩を叩かれたような気がして、振り返ってみたけれど、そこには誰もいない。

咲良……。

空耳だとしても、久しぶりに声を聞けた気がして嬉しかった。

学校に到着すると、私のクラスとは違って生徒が少なく、下駄箱もさみしい。

伊達くんの暴挙により、私のクラスだけ死者が多くなったから、仕方ないんだけど。

靴を履き替えて教室に向かうと、他の学年の生徒たちは何事もなかったかのように過ごしている。

休校で、人が死んだ所を見なかったから、こうして普通に学校生活を送れるんだろうな。

うらやましいな。

そんなことを思いながら、階段を上って二階の教室に向かう。踊り場にある鏡は、下を向いて通り過ぎて。

教室に入っても、部屋の中にいるのは十人足らず。

あの事件で死んだ生徒は、影宮さんと片桐さん以外は全員私のクラスで、ドラマのように机の上に花が飾られるということはなかった。

一週間前に、亡くなった生徒の机は自習室に入れられ、広い教室を残った生徒たちで使っている。

それがまた、私をさみしくさせた。

他のクラスメイトも、誰が教室に入ってきたかを見るだけで、あいさつを交わそうとしない。

あの日、樹森くんに追いかけられていた木崎くんは、自分の席に座って、おとなしくしている。

いつも一緒にいた前田くんたちが殺されたうえに、自分がやったことで、恨みを買って殺されそうになったからだろう。

伊達くんと樹森くんの行動は、少なからず残された生徒たちに、影響を与えていた。

それでも授業は行われる。

まだ完全に整理がついたわけでもないのに、勉強するのは辛くて、置いていかれている感じがするけど、みんな同じことを考えているのかな。

なんとか休み時間になり、私が一番恐れている時が訪れた。

今のクラスにも、他のクラスにも、とくに仲のいい人がいなかった私は、無理を言って京介にトイレについてきてもらうしかなかったのだ。

「そこにいてね、絶対にだよ？」

「あんまり騒ぐなよ、恥ずかしいだろ。はやく行ってこいよ」

トイレの入り口で京介を待たせて、私はトイレに入った。

咲良が殺された時と、同じトイレは使いたくない。

一階のトイレを使い、そそくさと用を足して手洗い場に向かう。

いつもこの瞬間が怖い。

下を向いていても、視界の端に入る鏡が気になって。

ふわりと、何かが通り過ぎたような気がして、ビクッと身体がふるえるけど、私のうしろを他の生徒が通っただけだとわかり、ホッと安堵する。

……このままじゃダメだよね。

これから先、ずっと鏡を見ずに暮らすなんてできないんだから。

騒動の原因となった鏡は壊したからもう大丈夫。

廊下には京介がいるし、トイレには他の生徒もいる。

……よし。

意を決した私は、鏡に映っている私の顔に視線を向けた。

……ほら、大丈夫。

キリコの望みは果たされたのだから、もう映ることはない。

一歩引いて、ポケットからハンカチを取り出して手をふいたその時だった。

——バンッ！と、鏡の中から鏡面を叩く音がして、白い顔と赤い目の男性が映ったのは。

「い、いやあああっ！」

大丈夫だと思った私の希望を打ち砕く光景。

あわてて廊下に飛び出した私の背後で、声が聞こえた。

「……頼む、殺してくれ！」

その肩越しに、キリコが満面の笑みで男性を……原田先生を見つめていたのを、私は忘れることはできないだろう。

END

書籍限定番外編

死にたがりのキリコ

『死にたがりのキリコ』

リストカットの痕がいくつもある彼女は、同級生からそう呼ばれていた。

両親は小さい頃に離婚して、祖父母に預けられたが、何度も自殺未遂を繰り返していたらしい。

それが原因でずっといじめられ続けて、友達もいない。

生きる喜びも理由も見出せないまま、ただ生きているだけ。十二歳の時には、彼女はすでに人生に絶望して、死ぬことだけを考えていたようだ。


そんなキリコ……浪川《なみかわ》智奈美と話すようになったのは、高校に入学したあとのオリエンテーション。

素性《すじょう》をよく知らなかった俺が、少しおとなしいこの女の子に話しかけたこと、それが不幸の始まりだった。

今まで、ろくに友達もいなかったという智奈美は、その日から俺に付きまとうようになり、どこに行くにも一緒にいようとするようになった。

それ以外の被害はなかったんから放っておいたが……三年生になった頃、狂いはじめた歯車が、大きな歪みを生んでいることに気づきはじめたんだ。

「え？　お、おい。どういうことだよ！　別れるとか電話で言うか⁉」

その時に付き合っていた絵美《えみ》が、おびえたような声で電話をかけてきたのだ。

家族に聞かれないように、廊下で小さな声でたずねる。

べつに怒らせるようなことはしていないし、昨日だってデートを楽しんだのに。

「じゃあどこで言えって言うのよ。学校で言ったら見られるし、また嫌がらせをされるの嫌だもん。だから、もう私に話しかけないで。死にたくないから」

「ちょ、ちょっと。嫌がらせってなんだよ……誰にそんなことを」

本当は聞かなくてもわかっていた。

「キリコだよ！　あの子おかしいんじゃないの⁉　和也《かずや》くんも気をつけないと、キリコに殺されちゃうよ？　じゃあね」

そう言って絵美は、電話を切った。

なんとか引き止めたかったけど、智奈美が絡んでいる以上無理は言えないか。

付き合っていた彼女が別れ話を切り出しても引き止められないほど、智奈美は異常で危険だと、これまでの高校生活で理解していたから。

俺が女の子と話をするだけで、その女の子の教科書や体操服が破られたりする事件が発生した。

前に付き合っていた女の子は、学校の階段の一番上から突き落とされたりして、俺は智奈美にひどく怒ったこともある。

そんな中で、智奈美の嫌がらせなんて気にしないと言ってくれた絵美と付き合ったものの……一週間もたなかった。

「くそっ！　くそっ！　なんなんだよ智奈美！　俺に恨みでもあるのかよ！」

オリエンテーションで智奈美に話しかけて以来、ずっとこんな調子だ。

俺の高校生活を台なしにするつもりか、あいつは！

かといって、今から智奈美に電話をしようとも思えない。

まわりがそう思っているように、俺もまた、智奈美に不気味さを感じていたから。

もしも今、電話なんかしようものなら……夜中だろうが関係なく、うちまで来るかもしれない。

そんな恐ろしさを感じていた。

「明日……話をするしかないのか」

一体どうして、俺にかかわった女の子に嫌がらせをするのか聞いてみないと。

翌日、学校に到着した俺は、教室の窓際の席でうつむいて座っていた智奈美を、体育館の裏へと連れだした。

話が話だけに、他の生徒には知られたくないという思いが強い。

俺は怒っているのに、智奈美はニヤニヤと笑っていた。

「お前な！　絵美に嫌がらせをするのやめろよ！　絵美だけじゃない！　俺と話した女子全員に嫌がらせしてんだろ！　みんな気味悪がってるんだよ！」

怒鳴り声にも近い大声でそう言ったけれど、智奈美はまったく動じていないようで。

それどころか、嬉しそうに笑みを浮かべると、不気味な目を俺に向けたのだ。

「だって……私の原田くんに色目を使うから。悪いことをしたら罰を与えるのは当然でしょ？」

俺が……なんだって？

あまりに的外《まとはず》れで気持ちの悪い言葉に、顔が引きつる。

「私の原田くんってなんだよ……俺はお前と付き合ってないし、一度だって好きだとか思ったことはないぞ！」

これ以上勘違いしないようにと、はっきりそう言ったけど……智奈美の表情は変わらない。

「……照れ隠しでそんなことを言わなくてもいいわ。だって原田くんは、私をずっとそばにいさせてくれたじゃない。いつもいつも、どこにいても誰といてもずっとずっと」

「お、お前が勝手についてきただけだろ！　何を気持ち悪いこと言ってんだよ！　自分の姿を鏡で見たことあるのかよ！　お前不気味なんだよ！　もう俺に付きまとうな！」

言った……言ってやった。

コイツを怒らせたら、俺も何か嫌がらせをされるかもしれないけど、今の状況よりはマシだ。

そう思っていたけど……。

「鏡なら……毎日見てるわ。もっともっときれいになって、原田くんが私なしでは生きていけませんようにって……お願いしているの」

コイツ、マジでヤバい。

自分のしていることはまったく間違ってなくて、それが正しいと思いこんでいる。

怒ったら俺まで嫌がらせをされるとか、そんなレベルじゃない。

何を言っても、何をしてもコイツは、俺が嫌がっていると気づかない。

自分が何をしているかということが重要で、俺がどう思っているかは重要ではないというタイプの人間だ。

「お願いしてるってなんだよ……お前、絶対に頭おかしいよ。これ以上俺に構うな。いいな！」

話をしていても、まったく通じないというのはこれほどまでに気味が悪いものなのか。

そんな恐怖に包まれて俺は、その場から逃げるように教室へと戻った。

智奈美には何を言ってもダメだ。

これまで、俺に直接危害を加えたわけではないからって、放っておいたのが間違いだった。

だけど、そう考えると、オリエンテーションで話しかけたことが間違いだったのかもしれない。

あの時から智奈美は勘違いして、今まで変わらずにそれを貫いてきたんだ。

今さらやめろと言ったところで、異常なまでに曲がりに曲がった考えは元どおりにはならないってことか。

教室の自分の席で、頭をかかえて考えていると、友達の広直《ひろなお》が俺に声をかけてきた。

「よお、和也。キリコに話をしたんだろ？　どうだった」

「どうもこうもないよ。自分がどれだけ迷惑なことをしてるかわかってないし、直す気もないだろうな。気味の悪いこと言ってたし……俺はどうすればいいんだよ」

広直の顔も見ずに、深いため息をつく。

あいつをどうにかするいい案があるなら、教えてほしいよ。

「まあ、あの感じだとそうだろうな。だったら、お前も美術準備室の魔法の鏡にお願いしてみたらどうだよ」

『魔法の鏡』

それは、どこの誰が言いだしたのかわからない、この学校に伝わる不思議な話。

なぜか、美術準備室には一枚の大きな鏡が置いてある。

それに、〝鏡時間〟と呼ばれる時間に、願いごとを言うとそれが叶うとかいうくだらない話だ。

鏡時間というのが何時のことかもわからないし、願いが叶ったなんて話を聞いたこともないのに、どうしてそんな噂話があるんだか。

「それが本当だったら、俺は喜んでやるね。だから鏡時間っていつなのか教えてくれよ」

「俺が知るかよ」

ほら、広直も知らないじゃないか。

そんなの、どこの学校にもある七不思議と大差のない、ただの噂話だろ。

「このままじゃ、俺は一生智奈美に付きまとわれるかもしれない。そんなことになってみろ……人生終わりだ」

「お、おう……そこまではないと思うけどよ。ま、その時はいっそ結婚でもすればいいんじゃね？　俺はごめんだけどな」

コイツ、他人事だと思って軽く言いやがって。

ムッとして、広直に反論しようとした時……智奈美が、教室の中に入ってきた。

その顔は、不気味に笑っていて、身ぶるいをしてしまいそうになる。

そして、智奈美に対して何も対処ができないまま時間は流れた。

授業中、十時前と十一時前に、体調不良を訴えて教室を出ていくのが、智奈美のいつものパターン。

あまりにも毎日この時間に体調を崩すものだから、先生もそれを理解していて、勝手に出ていっても何も言わないほどだ。

毎日この二回だけ。

この日は何事もなく過ごして学校が終わり、俺は家に帰った。

自分の部屋で、苦しみから解き放たれたような感覚に包まれて、ホッとひと安心。

ベッドに横になり、あれでは絵美も俺と別れたいと思っても当然かと思っていた。

「おとなしいヤツだって思って、話しかけたのが間違いだったたな。俺にあんな態度だったら、他のヤツにはどれだけ異常なんだよ……」

ベッドの頭側にある窓から、青い空をぼんやりと眺めて、雲が流れていくのを目で追う。

俺の高校生活は、こんなことになるはずじゃなかったんだ。

普通に友達と遊んで、普通に勉強して、普通に彼女を作って……。

なのに、智奈美ひとりのせいでそれがすべて狂ってしまった！

友達と呼べるヤツは広直くらいしかない。

クラスメイトは、俺に付きまとう智奈美を気持ち悪がって、仲よくなってもすぐに離れていく。

彼女にいたっては、絵美やその前の彼女のように、智奈美の嫌がらせに耐えかねてすぐに別れる。

勉強だって……考えたくもないのに、智奈美のことを考えてしまうから、今年受験だっていうのに成績はさがる一方だ。

「……やめやめ。なんで俺があんなヤツのことを考えなきゃならないんだよ。まったく……いい加減にしろっての」

嫌なことがあると眠くなる。

それはきっと、無意識に現実逃避をしたいと思っているからだろうな。

現実では付きまとわれていても、夢の中では自由だから。

身体の欲求に、身を委《ゆだ》ねるように……俺は目を閉じて眠りについた。

できれば、この現実が夢でありますようにと祈りながら。

それから、どれくらい眠ったのかわからない。

部屋は薄暗くなっていて、もう日が暮れて夜になりそうだということはわかる。

「ふぁぁ……スッキリしたな。やっぱり嫌なことがあったら、眠るのが一番……」

寝転んだまま伸びをして、ふと窓の外に視線を向けた時だった。


「お・は・よ・う」


俺が見たのは、窓に張りついてそうつぶやいたであろう……智奈美の姿だった。

満面の笑みを浮かべ、俺を見おろすように。

「う、うわああああああっ！」

なんでここにいる！

ここは二階だぞ！

いつからそこにいた！

いろんなことが頭の中を駆け巡り、声に出そうとするけど、それは全部悲鳴に変わって。

ありえない光景に、寝起きの俺は理解することができずに、ベッドから落ちて部屋の隅まで逃げた。

そんな俺を見て、智奈美がゆっくりと窓の下へと消えていく。

ヤバイ……本格的にこれはヤバイ！

あわてて立ちあがり、部屋から飛び出した俺は家の外に向かった。

あいつ、何で家にまで来てるんだよ！

朝に文句を言ったからか⁉

それにしたって冗談じゃないぞ！

俺が唯一安らげる場所まで、智奈美に侵食《しんしょく》されてたまるかっての！

恐怖半分、怒り半分で家を飛び出した俺は、智奈美がいた方に走った。

家の壁に、はしご状になった脚立が立てかけられていて、うちのガレージから取って来た物だとわかる。

すでに智奈美はそこから離れていて、近くにはいないようだ。

あたりを見まわしてみると……いた！

電柱の陰に隠れて、こっちをじっと見ている！

「お、おい！　智奈美‼　お前いい加減にしろよ！　うちにまで来るんじゃねぇ‼」

近所迷惑なんて考えずに、俺は喉が裂けるかと思うくらい大声で叫んだ。

なんで俺がこんな目に遭わなきゃならないんだ。

俺の……普通の高校生活を返せ！

そんな思いで。

だけど、智奈美はニヤニヤと笑っているだけで、何も反応はない。

今すぐ殴ってやりたい。

死ぬまで殴ってやりたいと思うけど、それもできなくて。

脚立を地面におろし、折り畳んだ俺は、ガレージに戻して家の中に戻った。

どこにいても、何をしていても智奈美に監視されている。

気持ち悪くて吐き気すらもよおす。

部屋に戻って雨戸を閉めて、窓を施錠《せじょう》したあと、カーテンを引いてベッドに戻った
俺は、頭から布団をかぶった。

恐怖と怒りで、頭がどうにかなりそうだ。

「誰か……誰かあいつをどうにかしてくれ！　頼むから……俺の前に現れるな」

この時は、警察に相談しようなんて考えは持てなかった。

こんなことで警察を頼っても、バカにされて終わりだろうし、相手が女だとわかれば、笑われるのがオチだ。

居心地がいいはずの自分の部屋まで、安全ではないと知った俺は……そうやってふるえるしかなかった。

そのあと、夕飯の時も、風呂の時も、智奈美におびえながら過ごした。

絵美が、別れたいと言った気持ちが、今頃になってようやく理解できたよ。

ここまでする智奈美が怖い。

もう俺に構わないでくれと何度も心の中で叫んで、はやく朝になれと願い続けた。

何をしていても、智奈美に見られているんじゃないかと不安になり、ずっと追いかけまわされる悪夢まで見て、目を覚ました。

全然眠った気がしない。

心臓はバクバク言ってるし、余計に疲れたとさえ感じる。

起きあがってカーテンを開けてみると、しっかり窓も雨戸も閉まっていて、智奈美の姿はない。

よかった……少なくとも、学校に行くまでは安心できるんだと、ホッと胸をなでおろして部屋を出た。

歯磨きをして顔を洗って、学校に行く準備を整えて。

あそこまでひどいヤツだと思わなかったから、学校で顔を合わせるのが怖いけど……昨日みたいに家に来られるよりは何倍もマシだ。

憂鬱《ゆううつ》だけど仕方がないと覚悟を決め、支度を整えた俺は家を出た。

いつもなら爽やかな気分で歩いているはずの、学校までの通学路。

だけど今日は、そんな気分じゃない。

まるで、地獄にでも向かう道を歩いているように思えてしまう。

「よう、和也。どうした、そんなシケたツラしてさ」

通学路の途中、広直が俺に駆け寄ってきて、ポンッと肩を叩いた。

「ああ、広直か。最悪だよあの女、俺の家にまで現れやがってさ……脚立で二階にあがって、窓の外から俺の部屋をのぞいてたんだぜ」

「お、おう……それはまた随分と……ハードな話だな」

そんな言葉で片付けれらるほど、小さな問題じゃないぞこれは。

「昨日までこんなことはなかったのに……まるで悪夢だ。というか昨日は実際に悪夢も見たし、頭がおかしくなりそうだよ」

「なんつーかその……頑張れよ。何を言ってもダメそうだけど」

広直にしてみれば他人ごとで、被害に遭っていないから簡単に言えるんだよ。

……なんて、俺も絵美に対してそうだったのかもしれないな。

こうして通学している最中にも、智奈美がどこかから見ていそうで怖くて、あたりをキョロキョロと見まわしながら登校する。

生徒玄関に着いて靴を履き替え、教室に向かって歩いていると……智奈美が、階段を上っている姿を見かけた。

あわてて広直のうしろに隠れて様子を見るけど、こちらに気づいているわけではなさそうだ。

「どこに行くんだ、キリコは。一限目は現国だろ？　だったら教室だよな？」

俺たちの教室は一階。

家庭科の時なんかは、違う教室でやるから移動しなきゃならないけど、今日の一限目は移動しなくてもいいはず。

だからって、あいつが何をしようと関係ないんだけど。

「いないならいないでいいよ。はやく教室に行こう」

「わかったわかった。じゃあ、俺が代わりにキリコが何をしているか見てきてやるよ。だっておかしいだろ？　お前を付けまわさないで、どこかに行ってるなんてさ」

そんなの、気にもならないし知りたいとも思わない。

できれば、別のターゲットを見つけてそっちに行ってほしいとさえ思ってるのに。

「好きにしろよ。お前まで付きまとわれるようになっても、知らないからな」

そう言って俺は、教室へと向かった。

ほんのつかの間だけど、智奈美に悩まされることなく過ごせるのはありがたい。

どこで何をしていようと、俺に被害がなければそれでいい。

教室に入り、自分の席に着いて少しの時間が流れた。

俺のわずかな安息の時間は、広直が教室に飛びこんでくるまで続いた。

「か、和也！　お前……ちょっと！　すげぇんだよ！　マジだぜ！」

とりあえず落ち着いてほしい。何が言いたいのか、全然伝わってこないじゃないか。

「何がすごいんだよ。お前、智奈美をつけてたんだろ？」

「それ、それなんだって！　美術準備室の魔法の鏡……あれはマジな話だ！」

いったい何を言いだすかと思ったら、今は魔法の鏡とかどうでもいいだろ。

「キリコが、魔法の鏡の前で何かブツブツ言ってやがったんだよ！　そしたら……鏡がなんて言うんだ？　うねうねって、ぐにゃっとなってさ！」

擬音語で話を進めるのはやめてほしい。何が言いたいのかさっぱりわからない。だけど……智奈美が美術準備室で魔法の鏡にお願いをしていたら、鏡に何か変化が現れたってことか？

つまりそれは……。

「鏡時間だったってことか？」

「い、いや、それはどうなのかわからないけどさ。とにかく、なんかおかしかったぜ」

噂が本当だって言うなら、それは鏡時間だったってことだろ？

教室の時計を見ると八時十二分。

まだ智奈美は教室に戻ってきてはいない。

もしも魔法の鏡なんて噂話が本当なら、俺の願いはただ一つだ。

……智奈美を、俺のいない場所にやってくれ。

なんて、そんな願いが叶うはずもない。

俺ができることといえば、卒業を待って、遠くの大学にでも進学するしかないんだ。

しばらくすると、智奈美が戻ってきた。

時計は八時二十三分で、もうすぐホームルームが始まる。

なんだろう、この違和感は。

鏡時間が終わったから、広直は教室に戻ってきたんだよな？

じゃあ、どうして智奈美は遅れて戻ってきたんだ？

ただ、終わってからトイレとかに寄ったのかもしれないし、他に用事があったのかもしれないけど、何か引っかかる。

魔法の鏡が本物だとしたら、智奈美は鏡時間がわかってるってことだろ？

それはいつだ。

だいたいの時間は、八時から八時二十分くらいの間だとわかるけど。

いや、待てよ？

鏡時間……鏡はそこにある物を反転させて映すわけだ。

『8』という数字を鏡に映してみたらどうだ？

『88』。つまりそれは、八時八分のことじゃないのか？

他にもまだあるぞ。

八時十八分は、『1』の上に鏡を置けば『818』左右対称になる。

智奈美はこれに気づいたんだ。

だから、広直が戻ってきたあとも残っていて、次の鏡時間にあたる八時十八分になるまで待っていたんだな。

なるほど、だから十時一分、十一時一分、十一時十一分みたいに、線対称になる時間に智奈美は、授業を抜けて魔法の鏡の前に行くのか。

願いが叶う魔法の鏡だなんて話は信じられないけど、藁にもすがる思いというのはこういうことか。

たとえ噂話だろうがなんだろうが、少しでも可能性があるならやってやる。

昨日みたいな恐怖は二度と味わいたくないと、俺はその時が近づくのを待った。

一限目が終わり、二限目が始まる前に、美術準備室に移動する。

しっかりと施錠されているけど、どうやってあいつはこの中に入ったっていうんだ？

八時の鏡時間には、智奈美は入っていたんだろ?

授業中にこんな部屋の鍵を借りられるはずもないし、どうやったんだろう。

まあ、それも時間になればわかることだ。

あと三十分、十時の鏡時間の前に、間違いなく智奈美はやってくるから。

そんなことを考えて、近くの教室に隠れて待つ。

予想どおり、三十分経つと授業中だというのに、キュッキュッと靴が廊下にこすれる音が聞こえて、俺は廊下を見た。

階段をあがってきた智奈美が、美術準備室の方に向かって歩いて行く。

そして、ポケットから鍵を取り出して、ドアを開けたのだ。

……どうして鍵を持っているんだ?

どうせ、無断で鍵を持ちだして、合鍵でも作ったんだろう。

他の生徒がやりそうにないことでも、智奈美はやると考えた方がいい。

美術準備室の中に入ったことを確認して、俺も廊下に出た。

時間は十時ちょうど。

鏡時間が間もなく訪れる。

ドアをゆっくりと開けて中を見てみると、部屋の奥にななめに立てかけられている鏡に向かって、智奈美が何やらブツブツとつぶやいていた。

その途中で、鏡時間が訪れたのだろう。

突然、鏡面が揺らめいて、油膜《ゆまく》が張ったように虹色にうねりはじめたのだ。

広直が言っていたのはこのことだったのか。

この目で見るまでは信じられなかったけど、あれが魔法の鏡か。

なんだってそんな物がこの学校にあるんだ？

いや、今はそんなことはどうでもいい。

願いが叶うというのなら、とにかくやってみなければならないのだ。

「……智奈美を、俺から引き離してくれ！　それが俺の願いだ！」

意を決して部屋の中に入り、鏡に向かってそう言うと、智奈美がビクンッと身体を震わせて振り返った。

「原田くん⁉　何を言うの！　せっかく私がふたりのために、時間をかけてお願いしてきたのに！」

「なんだよふたりのためって！　迷惑なんだよ！　お前に付きまとわれて！　俺の高校生活を返せ！　お前なんか消えてしまえよ！」

もう、智奈美がいなくなるならなんだってよかった。

智奈美を押し退けて、鏡に向かって叫ぶ。

「こんな迷惑なヤツ、俺の前から消してくれ！」

「冗談はよして！　私にあれだけ優しくしてくれたじゃない！　私は原田くんが好き！　原田くんも私を……」

すがるように、俺の腕にしがみついた智奈美を、振り払ったその時だった。

足をひねってバランスを崩した智奈美が、鏡の方に倒れて……。

頭から突っこみ、鏡を粉砕《ふんさい》して床に横たわったのだ。

「……お、おい。そんな大袈裟に倒れるなよ。腕を払っただけだろ」

ほんのちょっと、悪いことをしたかなと思ったその時だった。

突然、鏡の下半分が砕け散り、上半分だけが残った状態になったのだ。

ケガをしたのであろう。

床には智奈美の血が水溜まりのように徐々《じょじょ》に広がっていって。

鏡の枠がそれを吸うように吸収していく。

「な、なんだよこれ……本当に願いを叶える魔法の鏡なのかよ……これじゃあまるで……」

『呪いの鏡』

心の中でそうつぶやいた瞬間。

　上半分だけ残っていた鏡が、ありえない速度で智奈美の首の上に落下して、その首をはねると同時に砕け散ったのだ。

「え？」

目の前で、智奈美の頭部と胴体が分断された。

頭がないのに、もがくように動いた智奈美の身体は、砕けた鏡の一部をつかんで……しばらくして、動かなくなった。

何が起こったのかわからない。

たしかに、コイツを俺の前から消してくれと願ったけど、こんなことを望んでいたわけじゃないいんだ。

「う、う、うわああああああああああああっ!!」

俺のせいじゃない！

俺が殺したわけじゃない！

智奈美が転んで、頭から鏡に突っ込んだだけだ！

もう、そこからは何をどうしたか覚えていなかった。

きっと、逃げるように学校を飛び出して家に帰って、布団をかぶってガタガタとふるえていたんだ。

智奈美に付きまとわれることがなくなった俺が得たものは……心が壊れてしまいそうなほどの恐怖。

その日の夜、学校から電話がかかって来ていたようだけど、俺はそれにも出ずに。

翌朝、学校に行きたくないと思いながらも、智奈美の遺体がそのまま残っているとまずいと思い、行くことにした。

どうやって人ひとりの遺体を片付ければいいんだ。

警察が調べれば、俺がやったってすぐにバレてしまうんじゃないのか。

そんな不安に、押し潰されそうになる。

そして、学校に到着した俺は、すぐに美術準備室へと走った。

三階まで階段を駆けあがり、廊下の突き当たりにあるその部屋に。

昨日のままになっていたようで、施錠がされていないドアを開けるとそこには……。

智奈美の遺体はなかった。

それどころか、鏡の枠は立てかけられてはいるものの、割れた鏡がどこにも見当たらない。

先生に見つかったにしては、騒ぎになっていないようだし……見つかっていれば、この部屋は立ち入り禁止になっているはずだ。

俺は、この不思議な現象をどう理解すればいいかわからず、教室に戻るまで、ずっと考え続けた。

そして、荷物を自分の席に置くと、広直がやってきて。

「おっす。なあ、お前本当に魔法の鏡に願いごとをしたのか？　キリコが昨日からいなくなったって、みんな騒いでるぜ」

「あ、い、いや……俺は何も知らない」

本当のことを、広直に言うわけにはいかないから、とぼけてみせたけど。

何も知らないというのは、半分は本当のことだった。

「ふーん、まあいいや。それより便所行こうぜ。ホームルームが始まる前によ」

「あ、ああ。そうだな」

少しでも気分を変えようと、俺は広直に誘われるままにトイレに向かった。

時間は、八時六分。

廊下を歩いてトイレに到着して、広直がふと鏡を見た時だった。

「あれ？　なんだよ……キリコがいるじゃ……」

と、そうつぶやいた次の瞬間。

広直の頭部がまん中から二つに割れ、中から白くてブヨブヨした物と、大量の赤い液体が飛び出したのだ。

何が起こったのか……突然目の前で広直の頭が裂けて、そして。

鏡の中には、一昨日、俺の部屋の窓からのぞいていたと同じ姿で、まっ白な顔とまっ赤な目を向けて、智奈美が俺を見ていたのだ。

「十人殺すまでに……迎えにいくから！」

この日から智奈美は、鏡の中のキリコという恐ろしい化け物になった。

あとがき

この編集作業をしている時、僕は死にそうなほど忙しくて、毎日が不安でいっぱいでした。

八月に、三冊の本を出版するのと、別件の二つの仕事に追われ、時間は全然足りないのに、暑くなり始める時期で眠くなってしまうんです。

まあ、そんな話は置いといて。

この「鏡怪潜～鏡の中の〝ナニか〟～」という作品は、一年間で十二作品分の小説を書くという、裏プロジェクトの中で生まれた作品の一つです。

僕のホラー作品は基本的に、「幽霊」が必ず登場します。

その中で、僕の原点に戻った「理不尽に人を殺しまくる幽霊」が、今作に活かされているのではないでしょうか。

「カラダ探し」の「赤い人」のように、特殊な条件下だけで襲ってくる幽霊とは違い、家まで追い掛けて来る、ストーカーのような幽霊ですね。

手鏡も、洗面所の鏡も、浴室の鏡も、全てが幽霊を映す物となり得る、鏡が見られなくなってしまうのがこの作品です。


いかがでしたでしょうか？

自分が生き残るために人を殺したり、日頃の恨みを晴らす為に幽霊を利用したり。

もしもあなたがこの騒動に巻き込まれたら、一体どんな行動を取るでしょうか？

そういう事を考えていただけると、また楽しく読めるのではないでしょうか。

それでは皆さん、そこにいるはずのない物が鏡に映った時は、決してそれを見ないようにしてくださいね。

以上、ウェルザードでした。

ありがとうございました。

2016.08.25　ウェルザード

この物語はフィクションです。

実在の人物、団体等とは一切関係がありません。

ウェルザード先生への
ファンレターのあて先

〒104-0031

東京都中央区京橋1-3-1

八重洲口大栄ビル7F

スターツ出版（株）書籍編集部 気付

ウェルザード先生

野いちご
KEITAI
SHOUSETSU
BUNKO
SINCE 2009

鏡怪潜　～鏡の中の“ナニか”～

2016年8月25日　初版第1刷発行

著　者　ウェルザード

発行人　松島滋

デザイン　カバー　ansyyqdesign
フォーマット　黒門ビリー&フラミンゴスタジオ

ＤＴＰ　株式会社エストール

編　集　飯野理美
須川奈津江

発行所　スターツ出版株式会社
〒104-0031 東京都中央区京橋1-3-1　八重洲口大栄ビル7F
TEL 販売部03-6202-0386（ご注文等に関するお問い合わせ）
http://starts-pub.jp/

印刷所　共同印刷株式会社
Printed in Japan

ISBN 978-4-8137-0140-8　C0193